年下↓婿さま

Sara & Haruma

橘柚葉

Yuzuha Tachibana

Eternity

EB

エタニティ文庫

目次

年下↓婿さま

第一章

（……こんなに年下だなんて、聞いていないよ！）

私は正面に座っている青年を見て、顔を引き攣《つ》らせた。

離れ茶屋風の雅趣《がしゅ》に富んだ料亭の庭に、カッコーーーンと鹿威《ししおど》しの音が鳴り響く。

そんな格式高い一室には、仏頂面《ぶっちょうづら》の私と、今日も化粧ノリが絶好調なアヤ叔母《おば》さん。

そして見目麗《みめうるわ》しい青年がいる。

私は右隣に座っているアヤ叔母さんの顔を睨《にら》み付けたが、彼女は素知らぬ顔をしてホホホと笑う。

「……本当にいいんですか？　この結婚、なしにした方が――」

私がポツリと呟《つぶや》いた言葉に、青年ではなくアヤ叔母さんが食ってかかった。

「何を馬鹿なことを言っているの！　こんな、凄《すご》くステキな男性が相手なのに！　何が不満なの！」

顔を紅潮させているアヤ叔母さんに、私は首を横に振る。

「不満なんてないよ」

「じゃあ何よ！　私はね、死んだ姉さんからアンタのことをくれぐれもよろしくって頼まれているの。だから、こんなにいい条件の相手を連れてきたのに」

「それは知っているけど――」

「私の目に狂いはないわ！　この結婚はアンタを絶対に幸せにしてくれる！」

若々しくてモデルみたいなアヤ叔母さんは、私の亡き母の妹。

女手一つで化粧品会社を設立し、国内有名メーカーにまで成長させた人だ。仕事はできるし、人を見る目も肥《こ》えている。

そのアヤ叔母さんがここまで言い切るのだから、この青年はきっと素晴らしい人格者なのだろう。

だからこそ、私は悩んでしまう。将来有望で、これから可愛い女の子たちとの出会いが待っているはずの彼を、アラサーの私が結婚相手にしてもよろしいものか……

私は君島《きみじま》咲良《さら》、二十九歳の独身。短大を卒業後、地元にある中小企業の窓口で受付業務をしている。

百人の女性がいれば埋《う》もれてしまう、ごくごく標準的な体形と顔の私。

特徴らしい特徴といえば、少し明るい茶色にしたボブカットの髪が、くせっ毛なことくらいだろうか。

色々なことに消極的で恐がりの私は、この年になっても恋愛ごとに縁がない。だけどそのことに危機感は持っていなかった。

一方、この状況を心配していたのは、私の養母となってくれているアヤ叔母《おば》さんだ。私の父親は私が生まれる前に事故で亡くなっていて、母親も私が中学生の時に病死している。

行き場のない私を養子にし、これまで育てて守ってくれたのは、他でもないアヤ叔母さんだ。

その大恩人であるアヤ叔母さんが、先日、突然縁談を持ってきた。しかも、いわゆる政略結婚だというから驚いた。

叔母さんの会社であるアヤ化粧品が火の車なのかと心配したが、危ないのは相手の方。正面に座る青年のご実家――健康食品やサプリメントを製造販売している大橋《おおはし》ヘルシーが倒産の危機とかで、アヤ化粧品との提携《ていけい》を望んでいるそうだ。

私がこの縁談を断れば……彼の実家は倒産してしまうかもしれない。

アヤ叔母さんの口ぐせは、『仕事では人情を切り捨てるのが信条』だ。それなのに彼の会社を助けようとしていると聞いて、私は意外だと思った。

しかし、やっぱりそこはアヤ叔母さんである。アヤ叔母さんにも思惑があってのことだった。

アヤ化粧品は、サプリメント関連で大手の大橋ヘルシーと、共同商品を作りたいらしい。

両社にメリットがあると判断したからこそ、提携の話が出てきたというわけだ。それに加えてアヤ叔母さんの方から、提携したければ行き遅れそうな姪《めい》を引き取れと言い出したのだとか。

アヤ叔母さんには恩があるし、役に立ちたい。以前からそう考えていたものの、こういう困った状況になるとは夢にも思わなかった。

男の人と付き合ったこともない私が、恋をすっとばしていきなり結婚なんて、ハードルが高すぎる。

それに、お見合い相手の彼が可哀想で仕方がない。

この縁談は、間違いなく彼の意思とは別のところで動いているはずだ。

家族や会社、社員を守るためにこの場にいる彼の心情を考えると、辛くて痛くて苦しい。

彼の名前は、大橋春馬《おおはしはるま》。二十三歳なので、私と六つ年の差がある。

背はスラリと高く、ほどよく筋肉が付いていていバランスがとれた体形をしている。優しげな雰囲気で、和風美青年といった感じだ。

容姿もいいが、経歴も凄《すご》い。

数年前までは有名大学に通いながら、実家が営《いとな》んでいる大橋ヘルシーを手伝っていた。大学を卒業した現在は重役として働いていて、彼が今回の提携《ていけい》をアヤ化粧品に持ちかけたらしい。

アヤ化粧品のネームバリューや資金の調達力などが、大橋ヘルシーにとって大きなメリットになるからだ。

もちろん、アヤ化粧品にもメリットがある。

アヤ化粧品は近年、サプリメントに力を入れているという。

何でも、大橋ヘルシーには特許を取得しているサプリメントの加工技術があるそうだ。それをアヤ化粧品でも取り入れたいらしく、必死なのだという。

両社にそれぞれ利点があるわけだが、大橋ヘルシーの方が必死なのだろう。その結果、大橋さんは人生を棒に振ることになる。もちろん、私も他人事ではないのだが……

本当にそれでいいのだろうか。

改めてそう思った私は、アヤ叔母《おば》さんに尋ねる。

「あのね、叔母さん。この結婚、本当にしていいのかな？」

「何を言っているの？　アンタこのまま独身を貫《つらぬ》くつもり？　独身でいるぐらいなら春馬君と結婚した方がいいわ。春馬君はなかなかの好青年よ。私が言うんだから間違いないわ」

鼻息荒い叔母さんにため息をつき、私は大橋さんに視線を向けた。

「大橋さん」

「はい」

「大橋さんは会社を守るために、この縁談を受けようとしているんですよね？　でも、どう考えても私に大橋さんはもったいなさすぎると思います」

アヤ叔母さんが息巻いて何かを叫ぼうとしているのを押さえ、私は大橋さんを見つめた。

彼は何も言わず、私の話に耳を傾《かたむ》けている。こちらを見つめ返すまっすぐな視線は射《い》抜《ぬ》くように強くて、少しだけ怯《ひる》んでしまう。しかし、私は気を取り直して言葉を続けた。

「もし、会社の存続だけを考えて私と結婚しようと思っているのなら、やめた方がいいと思います。大橋さんには、もっとステキな人がいるはずだから」

そこまで言い切ったあと、大橋さんが聞き返す。

「それは……僕と結婚をしたくないということですか？」

「政略結婚がイヤなだけです。それは大橋さんだって同じですよね？　もし、会社の倒産を防《ふせ》ぐためだけに私との結婚を考えているのなら、やめてください。叔母は、メリットがあると判断すれば提携を続けてくれると思います。こんな結婚をする必要はありません。大橋さんが、叔母《おば》を説得してみてください」

それだけ伝えて、私は腰を上げる。

アヤ叔母さんは、彼を優秀だと褒《ほ》めちぎっていた。それなら結婚という手段を使わなくても、彼がアヤ叔母さんを説得することは可能だろう。

本当はこれから出てくる料理が気になるが、長居は禁物だ。

ふすまに手をやり、退出しようとする私の背中に、大橋さんが言葉を投げかけてきた。

「咲良さんは、大橋ヘルシーを潰《つぶ》そうと考えているのですか？」

大橋さんの切羽《せっぱ》詰まった声を聞き、私は慌てて振り返った。

すると、美青年が口を真一文字に結び、縋《すが》るような目で私を見ているのが視界に入る。

彼の様子は、人懐《ひとなつ》っこい大型犬が悲しそうにクウンと鳴いて訴えているように見え、私は狼狽《ろうばい》した。

「そんな顔しないでください！　私は大橋ヘルシーを潰そうだなんて……」

「僕と結婚しないということは、大橋ヘルシーが潰れるということと同じですよ」

「そうじゃなくて……大橋さんは優秀な人だと思います。そうでなければ、結婚なんて話を叔母がするわけがありません。ですから、もっと違う形で提携《ていけい》を結べばいいんじゃないかなって……」

何とかして考えを改めてもらおうとするのだが、大橋さんは未だに悲しそうな瞳で私を見つめている。

私はどうしようと戸惑い、慌ててアヤ叔母さんに視線で助けを求めた。しかし、アヤ叔母さんは機嫌を損《そこ》ねてしまったようでツンとそっぽを向いてしまった。どうやら援護を期待するのは難しそうだ。

困り果てる私に、大橋さんが言い募《つの》る。

「僕と結婚してください」

「でも……それはどうかと思うんです。大橋さん、貴方《あなた》の人生はこれからですよ？　こんな形で結婚して後悔しませんか？　私なんて美人でもないし、取り柄《とえ》もないアラサーだから……すぐ飽《あ》きて離婚したくなると思うんです」

「どうしてそんなふうに言うんですか？　咲良さんは、とても可愛い人です」

そう言った大橋さんは、熱っぽい目で私を見据《みす》えた。美形の男性にこうして見つめられると、どうしていいのかわからなくなってしまう。

顔はポッーと熱くなるし、考えも纏《まと》まらない。ふいに、大橋さんが立ち上がってこちらにやって来る。

固まったままの私の手を、大橋さんは温かくて大きな手のひらで掴《つか》んだ。

「お、大橋さん!?」

「僕は、咲良さんと恋愛したいです」

「え？」

「僕じゃ、ご不満ですか？」

「そ、そうじゃないけど」

「そうじゃないけど、何ですか？　僕が結婚後、浮気したり離婚を切り出したりすると思っています？」

グイッと顔を近づけられ、私は咄嗟《とっさ》に手を振り払い、彼の肩を掴《つか》んで押した。だけど、動揺して何も言えない。

これだから私はダメなんだ。臨機応変《りんきおうへん》な対応が全くできず、これまでズルズル生きてきた。

こういう場面こそ冷静さが必要なのに、すぐに挙動不審になってしまう。

拒否の言葉を告《つ》げられないまま、私は大橋さんの熱っぽい視線を浴《あ》びる羽目になった。

やがて、彼がボソリと呟《つぶや》く。

「どちらかというと、咲良さんが逃げ出したくなるかもしれませんよ」

「え？」

「いや、こちらの話です。それより僕と結婚してくれますよね？」

「あの、だから、その――」

「僕には、大橋ヘルシーを守る義務があります。そのためには手段を選びません」

その言葉は、私の心をひどく傷つけた。ようするに、大橋さんは私と結婚がしたいわけではない。会社を生き延びさせるためには、どんな相手とでも結婚すると言いたいのだろう。

大橋さんは、私と婚姻関係が築ければチャンスになる。大きな企業との提携《ていけい》が決まり、経営が安定するからだ。

アヤ叔母《おば》さんだって、これから力を入れていきたいと思っていたサプリメントの技術やノウハウを大橋ヘルシーからもらうことができる。お互いにメリットがあるのは明白だ。

（だけど、私は？　私にはメリットはないじゃない！）

そう考えながら、私は大橋さんとアヤ叔母さんを交互に見る。そこで気が付いた。私にもメリットはあるかもしれない。

アヤ叔母さんには恩がある。いつか恩返しをしたいと思っていたのは事実だ。

それが、この結婚によって実現できるかもしれない。

この結婚は愛情によるものではない。提携の条件として示されているものだ。だとしたら、私からだって条件を突き付けることは可能だろう。

気付いた瞬間、胸にあった不安がスーッと消えた。

この取り引きで分が悪いのは、間違いなく大橋さんの方だ。

となれば、私が優位に立てるに違いない。

「アヤ叔母《おば》さん。この結婚は、双方にメリットがあるんだよね？」

「まぁ、そうね。だけどね、咲良──」

何か言おうとするアヤ叔母さんの言葉を遮《さえぎ》り、私は大橋さんとアヤ叔母さんに言葉を投げ付けた。

「私からも条件があります。それに承諾してくれたら結婚します！」

勇気を振り絞《しぼ》った言葉に、大橋さんは何故か妖《あや》しげにクスッと笑う。

今までの彼のイメージが覆《くつがえ》されるような笑みに、私は一瞬寒気がした。

自分の目を疑い、ゴシゴシと擦《こす》ってもう一度彼を見たが、自分の席に戻った大橋さんの笑みは好青年風のものに戻っていた。さっきのは、私の気のせいだったのだろうか。

「では、咲良さんの結婚の条件。お聞きしてもよろしいですか？」

キレイな笑顔を私に向ける大橋さんに、またドキドキが止まらなくなる。

だが、ここが勝負だ。いつもは言いたいことの半分も言えない私だけど、これは一生を決める大事な舞台。

私は再び席に着き、傍《そば》に置いてあったウーロン茶が入ったグラスに手を伸ばす。

そのとき、自分の指が小刻みに震えていることに気が付いた。

これは緊張のせいなのか、恐れのせいなのか。たぶん、両方だろう。

私の手が震えていることに気が付いたのか。大橋さんはテーブル越しに手を伸ばし、私の両手首を掴《つか》んできた。そして、驚いて腰を上げた私の指に彼の唇が触れる。

私は一瞬何をされているのかわからず、大橋さんを見上げることしかできなかった。

だが、すぐに状況を把握《はあく》し、慌てて彼から離れた。

そんな私を見て、ほんわりと笑う大橋さん。

「可愛いですね、咲良さんは」

「なっ！」

「さぁ、落ち着きましたか？」

しゃべり方、振る舞い、何をとっても、大橋さんは私より大人びている。六つも年下だなんてとても思えないほどだ。

それに対し、私ときたらどうだろう。三十歳目前のくせに、オタオタとして情けない。

深いため息をつきたいところだが、今はそれどころではなかった。

私は、「大丈夫です」と告《つ》げて大橋さんを見上げる。そして、こちらの要望を口にした。

「籍は入れません」

「え？」

目を丸くして呆気《あっけ》に取られている表情は、今までのように大人びたものではない。素の大橋さんを垣間見《かいまみ》られた気がして嬉しい。

そう思いつつ、私は言葉を続ける。

「大橋さんと一緒に住むし、世間には結婚したと伝えますが――」

「あくまで形だけ……そう仰《おつしや》いたいのですね？　咲良さん」

はい、と私は小さく頷《うなず》いた。

今回の結婚は、企業同士の思惑があって成立するもの。しかし刻一刻《こくいっこく》と情勢は変わっていく。いつか不要になるときが来るかもしれない。

そのときのためにも、しがらみはない方がいい。

ドラマや漫画などでは、政略結婚をした二人は仮面夫婦になることが多いように思う。その仮面夫婦に、私たちもなる可能性は非常に高い。いや、なる。絶対に仮面夫婦になる気がする。

（だって大橋さん、格好いいからなぁ……）

思わず『さん』付けで呼び、敬語で話しかけてしまうほど大人な彼は、お世辞抜きで格好いい。さぞかしモテることだろう。

近い将来、私には見向きもしなくなるはずだ。

「アヤ叔母《おば》さん。私はこの条件じゃなきゃ結婚しないですからね」

「あのね、咲良。そういうのは結婚って言わないわよ。同棲《どうせい》と変わりないじゃない」

「そ、そうかもしれないけれど……ずっとお世話になってきたアヤ叔母さんのお願いなら聞きたいし、大橋ヘルシーの社員の皆さんを助けたいっていう気持ちもあるんだよ。だけど、私……結婚まではどうしても踏み切れなくて」

「咲良……」

困ったような表情を浮かべたアヤ叔母さんは、大橋さんを見て何か言いたげな顔をする。

大橋さんは小さくため息をつき、優しくはにかむ。

「わかりました。咲良さんが提示した条件をのみましょう」

大きく頷《うなず》く大橋さんに、アヤ叔母さんは驚いて腰を上げた。

「ちょっと春馬君。それでいいの？」

「籍を入れないと提携《ていけい》の話はなくなってしまいますか？」

「えっと、それは……大丈夫だけど。いや、でもね」

アヤ叔母さんの歯切れが悪い。普段は竹を割ったような人なのに、この態度は変だ。

不審に思い問い詰めようとするが、それよりも早く大橋さんがきっぱりと言う。

「それなら咲良さんの意見を尊重しましょう。僕としては、アヤ化粧品が提携の話を蹴《け》らなければそれでいいのですから」

やっぱり私のことは二の次らしい。わかってはいたけれど、改めて私なんてどうでもいいと言われたみたいで心が痛む。

籍を入れないでほしいとお願いしてよかった。形ばかりの結婚なら、何とでもなるだろう。

ホッとした私に、大橋さんは言葉を続けた。

「形だけならいいと、咲良さんは考えている。それでいいですよね？」

「は、はい」

どこか含みのある言い方だが、大筋は合っている。私がコクリと頷《うなず》くと、大橋さんはにっこりと意味深な笑みを浮かべた。

「では、結婚式を行いましょう」

「け……っこん、しき……ですか？」

「ええ」

とびっきりの笑顔で答える大橋さんに思わず見入ってしまったが、慌てて頭を振った。

今、彼はとんでもないことを言っていなかっただろうか。

結婚式といえば、親戚や友人、会社の上司などを呼んで、結婚するという事実を披露《ひろう》するものだ。

偽《いつわ》りの結婚をしようとする私たちなら、しなくてもいいはずなのに。

「待ってください！　形ばかりなのに、どうして結婚式をしなくちゃいけないんですか?」

私が声を上げて抗議しても、大橋さんは動じない。

「形ばかり、だからですよ」

「え?」

「僕たちが籍を入れないということは、大橋ヘルシーにとって不安定な状況になるとおわかりいただけますか?」

「提携《ていけい》をうやむやにされる危険性があると仰《おっしゃ》りたいのですか?」

その通りです、と大橋さんは清々《すがすが》しい笑顔で頷く。

「今回のことは籍を入れて雁字搦《がんじがら》めにするからこそ、意味があるのです。いわば、入籍するということ自体が、契約書みたいなものですから」

彼が言わんとすることは理解できる。だが、それと結婚式はどう関係があるのだろうか。

首を捻《ひね》る私に、大橋さんは目を細めて言う。

「入籍しないならば、担保《たんぽ》が必要になります」

「担保、ですか」

「ええ。一緒に住んでいるだけでは、先ほど君島社長が言われたように同棲《どうせい》と一緒。それでは世間の目は誤魔化《ごまか》せません」

「そこで結婚式が必要になってくるのです。盛大にお披露目《ひろめ》すれば……僕たちが夫婦になることを誰も疑わないでしょう？」

まさにその通りだが、何だか釈然《しゃくぜん》としない。

籍を入れたら後々大変になりそうだし、かといって籍を入れず結婚式をするとしても、その準備などで苦労をしそうだ。

どちらからも逃げ出したいが、大橋さんはそれを許してくれそうにもない。それに、私がここで結婚自体をやめると言ったら、アヤ叔母《おば》さんに迷惑がかかる。

迷う私に、大橋さんがにこやかに声をかけてきた。

「僕としてはどちらでも大丈夫ですよ。籍を入れて結婚するか、それとも籍を入れず結婚式だけを執《と》り行うか。咲良さんにお任せいたします」

「……どちらもやめておこうという選択肢は？」

「ないです。一度のんだ条件を覆《くつがえ》すというのは、ビジネスにおいても、大人の対応としてもよくないですよね」

「た、確かに……」

グッと言葉に詰まる私を見て、大橋さんだけではなくアヤ叔母さんも楽しげに笑う。

彼らの笑みは友好的なものではなく、私は自分が四面楚歌《しめんそか》なのだと悟った。

昔から、アヤ叔母さんには敵《かな》わなかった。その上、今は大橋さんという得体の知れぬ強者までもが私の前に立ち塞《ふさ》がっている。

口が達者ではない私の扱いなど、二人にしてみたら楽勝だろう。

何も言えなくなった私に、大橋さんが畳《たた》みかける。

「咲良さん。どうしますか？　今すぐ婚姻届を書いて区役所に提出しに行きますか？　それとも結婚式場を探しに行きますか？」

キレイな笑顔だと思っていた大橋さんの顔が、今は、とてつもなく怖い。

逃げられない状況に追い込まれた私には、お断りするという選択肢はなかった。

「……式場はお任せいたします」

しかし、苦難の道のりを選んでしまったと気が付くのは、だいぶ後だった。

＊＊＊

あの奇妙な見合いから十日間が経《た》った。

『籍は入れないけれど、結婚式はする』

あれから何度も、この軽はずみな決定を取り消そうとアヤ叔母さんに直談判《じかだんぱん》をしたのだが、そのたびに蹴散《けち》らされてしまっている。

『咲良が決めたことでしょ？　ビジネスとして動き出したものは止められないから、諦めて結婚式しなさい。いいじゃない、春馬君はお買い得よ。絶対に咲良も気に入るから』

ニヤニヤ顔でそう言われてしまったのだ。確かにあの見合いで、彼が一筋縄ではいかない人物だとわかった。アヤ叔母《おば》さん好みの男性だろうが、だからといって、私が彼を好きになるかどうかは別問題だ。

この十日間、何とか破談《はだん》にしなくてはと悶々《もんもん》と考え込んでいたが、打開策は浮かんでこない。

今日も仕事を終えた私は、悩みつつアヤ叔母さんと住むマンションに帰ってきた。するると、問題の彼が、我が家のリビングでソファーに座ってくつろいでいる。

「おかえり、咲良」

「ど、どうして!? なんで大橋さんがここにいるの?」

ここはアヤ叔母さん名義のマンションのはず。しかも叔母さんの姿は見当たらない。何故叔母さんがいないこの部屋に、彼がいるのか。

突っ込みたいところがたくさんある状況だが、まず指摘すべき点がある。

いつから大橋さんは、私の名前を呼び捨てにし始めたのか。あの日に会った好青年はどこに行ってしまったのかと言いたくなるほど、今日の大橋さんは威圧的《いあつてき》な態度だ。

「ほら、突っ立っていないで座れよ」

「きゃあ！」

腕を強く引っ張られ、私は彼の腕の中に収まってしまった。

慌てて逃げようとするのだが、大橋さんに強く抱き締められてしまい動けない。

彼は腕の中にいる私に顔を近づけ、クンクンと鼻を鳴らした。

「咲良、いい香りがする」

「な、何をしているんですか!?」

今日一日仕事をして、汗をかいているはず。嗅《か》がないでほしい。

（違う、そうじゃなくて……えっと、とにかくここから逃げ出さなくちゃ）

私は必死にもがいて大橋さんの腕から抜け出ようとする。でも、抜け出るどころかますます強く拘束《こうそく》されてしまう。

あの衝撃的な政略結婚を打診してきた日の大橋さんは、紳士的《しんしてき》で六つも年下だと思えないほどしっかりした男性だった。

だが、今の大橋さんはあのときの彼ではない。紳士的な振る舞いが、俺様な態度に変わっている。

戸惑う私に構わず、大橋さんがマイペースに口を開く。

「今日も一日お疲れ。メシは食べた？」

「えっと、まだですけど……それより」

彼がこのマンションにいること、そして初めて会ったときとは別人みたいになってしまったこと――ご飯よりお風呂より、これらの解明が最優先だ。

しかし、大橋さんは別の選択肢を提示してきた。

「メシより俺に抱かれたい？」

「は⁉」

「それじゃあ、ベッドに行こうか」

「ちょっと待って！　きゃあ‼」

大橋さんは立ち上がり、私の部屋へ迷わずに向かっていく。

初めてこのマンションを訪れたはずの大橋さんが、何故私の部屋の場所を知っているのだろう。

私は混乱しつつ、ドアノブに手を伸ばそうとする大橋さんを必死に止めた。同時に、先ほどからの疑問を投げかける。

「どうやってこの家に入ってきたんですか⁉」

やっと動きを止めた大橋さんは、きょとんとした表情を浮かべたあと、プッと噴き出した。

「今、その質問をするわけ？　これから自分が食べられるっていう危機感はないの？」

「いや、えっと、うん。そうだけど」

しどろもどろな返事をし、目を白黒させる私がよっぽどおかしかったのだろう。

大橋さんは私を床へ降ろしたあと、お腹を抱えて笑い出した。

いつまでも笑っている彼を、私は何とも言えぬ気持ちで見つめるしかできない。

スカートの裾《すそ》をギュッと握りしめていたら、ふいに、色っぽい視線を送られる。

その瞬間ドキンと胸が高鳴り、そのあとは自分の胸の音しか聞こえなくなった。

恋愛偏差値が底辺な私としては、彼のような見目《みめ》麗《うるわ》しい人にこんなことをされると、どう対処していいものか考えあぐねてしまう。

困惑している私に、大橋さんは艶《つや》っぽく口角を上げた。その笑みは爽《さわ》やかさとはかけ離れていて、策士と呼ぶにふさわしい表情だ。

「色々聞きたいって顔しているね」

「そ、それは！　だってどうして、こんな」

「聞きたいよね？」

妖《あや》しげに笑う大橋さんにつられるように、私はコクコクと何度も頷《うなず》く。

だが、私の耳元で囁《ささや》かれた大橋さんの言葉は、期待していた答えからはほど遠いものだった。

「ベッドの中でなら、教えてあげてもいいよ？」

「っ！」

言葉をなくし、棒立ち状態になった私を、大橋さんは再び抱き上げた。

私はふわりと宙に浮いたあとで、貞操《ていそう》の危機が迫っていると気が付き慌てる。

「待って！　ベッドじゃなくたってお話はできます」

「できるけど、裸になって話した方がオープンに何でも話せるだろう？」

「そ、それは恋人同士の話じゃないですか？」

「俺たちは婚約者同士だけど？　ここはお互いにすべてをさらけ出して話をする必要があると思わない？」

彼はキレイな目をスッと細め、熱い視線を私に注《そそ》ぎ、右手を掴《つか》んだ。

その視線に気が付いた直後、顔どころか、全身が熱くなっていくのがわかった。

もしかしたら、大きく高鳴っている鼓動が大橋さんに聞こえてしまっているかもしれない。

しかし、ここで流されるわけにはいかなかった。

(自分の身は自分で守る。これ、お一人様の鉄則！)

私は勢いに任せ、思いっきり手を振り上げた。それを素早く振り下ろせばバチンと小気味よい音がして、手がジンジンと痛んだ。

「……女に殴られたのは初めてかもしれない」

「ご、ごめんなさい！　どうしよう！」

攻撃するつもりではあったけれど、実際にやってしまうとすぐ後悔に襲われた。

大橋さんの右頬《みぎほお》には、真っ赤な手形がくっきりとついている。冷静になった私が慌てて彼の腕の中で謝ると、彼は困ったように眉を下げた。

そしてギュッと私を抱き締め、再びリビングに戻る。

彼はソファーの上に私を降ろし、赤くなっている頬を擦《さす》った。

「大橋さん、すぐ冷やしましょう！」

私はソファーを慌てて降り、冷蔵庫から保冷剤を取り出した。それをタオルで巻き、大橋さんの腫《は》れた頬に押し当てる。

「これで少しはよくなるといいのだけど……ごめんなさい」

「何で咲良が謝るの？　悪いのは俺だよね」

「そ、そうだけど」

真っ赤に腫れた頬を見ると、どちらが悪いのかわからなくなってしまう。

オドオドしている私を見て、大橋さんは深くため息をつく。

「咲良らしいというか……」

「え？」

「いや、何でもない。夕ご飯を食べながら咲良の疑問に一つずつ答えていくよ」

そう言って穏やかに笑う様子はお見合いのときと同じで、私は心から安堵《あんど》した。

彼は私をリビングに残し、ダイニングキッチンの方へ歩いて行く。

その後ろ姿を眺めながら、私は何度もため息をついた。

わけがわからない状況にドッと疲れが出てソファーに身体を沈めていると、キッチンからいい香りがしてくる。

美味《おい》しそうな香りにつられてダイニングへ行けば、大橋さんがお皿にカレーを盛っているところだった。

「今日はカレーにしてみた。俺のカレーはうまいよ。インド料理屋でバイトしていた経験があるからさ。本格的だぞ」

さぁ召し上がれ、とダイニングテーブルに置かれたカレーは、凄《すご》く美味しそうだ。

「スパイス配合もかなり計算して作った」と大橋さんは自信満々で力説する。

その表情は少年っぽさが抜け切っていなくて、とても可愛い。

私に迫ってきたときの俺様な態度、お見合いのときのデキる大人の表情。色々な顔を持つ大橋さんから、何だか目が離せない。

彼がどうして我が家のキッチンで料理をしていたのか疑問ではあったが、まあいいかという気分になってしまった。

「ほら。温かいうちに食えよ」

「あ、はい」

大橋さんにすすめられた私は、手を洗ってテーブルにつく。そしてスプーンを手に取り、カレーを口に運んだ。その途端、思わず叫んでしまう。

「美味しい‼」

スパイシーな香りで、コクがある。ご飯を何杯も食べられそうだった。

美味しい、と連呼する私に、大橋さんはまんざらでもなさそうだ。

「やっぱり胃袋から掴《つか》むのが鉄則だろう？」

「え？」

テーブルに肘《ひじ》をついて私を見つめる大橋さんは、嬉しそうにニコニコと笑っている。

胃袋から掴むとは一体どういうことなのだろうか。

はて、と首を傾《かし》げる私に、大橋さんは大声で笑った。

「女の心を掴みたければ、胃袋も掴まないとな」

「それって、女性が言う台詞《せりふ》じゃないですか？」

私の疑問に、大橋さんはきりっとした顔をして口を開く。

「どっちだっていいだろう？　咲良の心を掴みたいっていう気持ちは変わらないんだし」

「っ！」

どこまでが本気なのだろう。これほど真剣な表情で言われたら、真《ま》に受けてしまいそうになる。

でも大橋さんが、こんなふうに私へ必死にゴマをするのには理由がある。

私がへそを曲げて、「結婚なんてしない！」と言い出せば、何もかもが白紙に戻るからだ。

(何か複雑だなぁ……)

誰もが振り返ってしまうほど格好いい男の子から甘い言葉をかけられれば、誰だってドキドキしてしまうだろう。

正直に言うが、悪い気はしない。

だけど、彼の行動には〝会社のため〟という理由がある。

それがわかっているからこそ素直に喜べないし、どんな言葉にも裏があるのではないかと疑ってしまうのだ。

大橋さんは戸惑う私の顔を覗《のぞ》き込み、ジッと見つめてきた。

彼の強いまなざしに、悪いことなどしていないのに何故か罪悪感に苛《さいな》まれる。

大橋さんは急に移動して私の背後に立ち、スプーンを持っている私の手をギュッと握りしめる。

「大橋さん？」

「カレー食いながらでいいから、咲良の疑問に答えていくよ」

笑ってそう言う彼に、私は慌てて叫ぶ。

「こ、これじゃ食べられませんっ！」

「悪い、悪い」

謝りながらも、大橋さんは私の手を握りっぱなしだ。

ちっとも悪びれない彼に、私は顔を真っ赤にさせた。

「質問しますから、この手を解《ほど》いてくれませんか？」

スプーンを持った私の手は、大橋さんの大きな手に包み込まれている。

こうして手からぬくもりが伝わってくると、ドキドキが止まらなくなってしまう。

しかも背後から抱き締められるような体勢なので、先ほどから心臓が壊れそうだ。

こんなふうに男性に手を握られたことなんてない。

免疫がない私は、これだけで卒倒しそうだ。だけど、大橋さんは慣れきっているに違いない。それがわかっているから余計に悔しい。

私は、もう一度彼に手を離すように言うため振り返る。すると、思ったより近くに大橋さんの顔があって驚いてしまった。

「キャッ！」

「そんなに驚かなくたっていいだろ？　そのうち俺たち結婚するんだから」

「結婚はしません！」

「世間にお披露目《ひろめ》はするから一緒だよ。結婚式をすれば、春馬君のお嫁さんって呼ばれるようになるんだ。それなのに、今からこんな調子でどうするの？」

「うっ！」

確かに、大橋さんの言う通りだ。籍を入れない約束にはなっているが、結婚式をして世間にお披露目するというのは、彼と夫婦になると宣言するようなもの。

やっぱり、うかつだったかもしれない。後悔先に立たずとはよく言ったものだ。

困り果てて眉を寄せる私に、大橋さんは追い打ちをかけてくる。

「それに、結婚式じゃ人前でキスしなくちゃいけないのに。これじゃあ先が思いやられるな」

思わず大橋さんの形のいい唇を見つめてしまった。あの薄い唇が、私の唇に接近するなんて……

想像したら、一気に全身がボンと熱くなった。

そのことを大橋さんに悟られたら、恥ずかしい。ゆっくり彼から離れようとするのだけど、大橋さんはそれを許してはくれなかった。

「どうしたの？　顔が真っ赤だよ」

「き、気のせいですよ。きっと」

「俺とキスするのを想像しただけで赤くなるんだ。可愛いね、咲良は」

「なっ!!」

本当のことだから反論できない。だが、無言でいるのは肯定しているのと同じだ。

何か言わなくてはと慌てて言い訳を考えたものの、浮かんでこなかった。我ながら、全く残念な頭だ。

私の様子を見て、大橋さんはいたく嬉しそうにしている。それが悔しくて頬《ほお》を膨《ふく》らませたら、再びギュッと抱き締められた。

「ちょ、ちょっと。大橋さん!?」

「咲良はいい香りがするね」

「いや、そうじゃなくて。離れてください」

「イヤ」

「イヤ!?」

とにかくここから離れなければ。スプーンを置いて彼の腕の中でもがく私に、大橋さんは魅惑的《みわくてき》な声で囁《ささや》いた。

「結婚式。列席者と牧師さんの前で、キスするからね」

「っ！」

確かに、教会での式なら公衆の面前でキスをしても、誰も咎《とが》めないだろう。それどころかカメラを持った友人たちに「もっと長く」と言われてしまうかもしれない。

実際、何度か友人の結婚式に出席したとき、誓いのキスは盛り上がっていた。

私も友人のキスシーンをばっちり写真に収めて、後日現像して渡したことがある。

自分の手元だけでなく、列席者にもずっとキス写真が残るのだ。

これはマズイ。何としても阻止しなければ。

「えっと大橋さん。式をやるにしても、教会式じゃなくたっていいんじゃないでしょうか？　ほら、神前式なんかいいと思いますよ。厳《おごそ》かですし」

「まあね。咲良は白無垢《しろむく》もとても似合うと思うけど、純白のウェディングドレス姿が見たいから教会式で決定」

「何故ですか？　式を挙げるだけでいいんでしょう？　それならどんな式でもいいと思います」

もがきながら抗議をする私に、大橋さんは妖《あや》しく笑った。

「ねぇ、咲良」

「な、何ですか！　絶対に教会式なんてやりませんから」

「アンタにそれを言う資格はないんだよ？」

大橋さんの凄《すご》みがある声に、私の身体がビクンと跳ねた。その反応さえも、彼は楽しくて仕方がないようだ。

彼は私の耳元でクスクスと笑いつつ、「思い出して」と呟《つぶや》いた。

「咲良が言ったんだよ?」

「え……?」

「お任せします、ってね」

それを聞き、口をぽっかりと開けて固まる私を、大橋さんは再びギュッと抱き締めた。

恥ずかしくてどうにかなってしまいそうだが、今はそれどころではない。

あのお見合いの日。私は確かに「式場はお任せします」と言ってしまった。一度口にした言葉は、もう取り返しがつかない。

がっくりと項垂《うなだ》れる私の頭をグリグリと撫《な》で、大橋さんは鼻歌を口ずさむ。

「咲良は本当に可愛い」

「年上のくせに危機管理もできないバカだと思っていますよね? 自分でもわかっているから、言わないでください」

拗《す》ねてそっぽを向いていると、大橋さんに強引に立たされた。

私が先ほどまで座っていた椅子に彼は座り、突然、私の腰を掴《つか》む。

大橋さんは、慌てる私を無理やり膝《ひざ》の上に座らせた。腰に回された腕、お尻から伝わる筋肉質な太もも。それらは、私をパニックにさせるには充分だった。

「キャア!」

「ほら動かないの。落ちちゃうぞ!」

「それなら降ろしてください」

「ダメ。ずっと咲良とくっついていたい」

私の背中に鼻の頭をすり寄せ、また私の香りを嗅《か》ぐ大橋さん。

「やだ。匂い嗅がないで！　変態！」

「変態で結構。何と呼ばれようと放してやらない」

ギュッと私の腰を抱き締め、より密着させる彼だが、私だってやられっぱなしではいられない。

強引に膝《ひざ》の上から降りようとすると、大橋さんは急に私の腰を抱く腕を緩《ゆる》めた。

「降ろしてもいいけど。そうしたら、咲良が疑問に思っていることを話さないよ」

「な、何て卑怯《ひきょう》な!!」

「卑怯だなんて人聞きが悪い。こういうのは交渉戦術って言うんだぞ？」

この体勢でいなければ話をしないなんて、脅《おど》しと一緒だ。

疑問はたくさんあるけれど、もういい。それなら聞かない。

そう決断した私は、すぐに大橋さんの膝の上から降りようとした。その途端、彼が口を開く。

「ちゃんと俺の膝に座ったまま話が聞けたら、式のことを考え直してもいいよ」

その言葉に一瞬動きを止めた私は振り向き、大橋さんの顔を確認する。

「本当に本当？」と何度も聞いたところ、彼は大きく頷《うなず》いた。これは譲歩する必要がありそうだ。

私は大橋さんの膝の上に渋々座り直した。

「座りましたよ。これで私の疑問に答えてくれるんですよね？」

「ああ。よくできたな、咲良」

子供をあやすように、私の背中をさする大きな手。だけど、私は安心するどころか、ドキドキが止まらなくなってしまった。

とにかくこの状況は心臓に悪い。早く話を終わらせて、ここから脱出しなくては。

私はコホンと小さく咳払《せきばら》いをしたあと、彼に声をかけた。

「ほら、早く答えてください」

「いいよ」

余裕綽々《よゆうしゃくしゃく》な声がまた憎らしい。私は唇を尖《とが》らせて後ろを向いた。

「まずは、どうして大橋さんがここにいるんですか？」

「どうしてって、俺は今日からここに住むから」

「え？」

聞き間違いだろうか。呆気《あっけ》にとられている私を見て、大橋さんはポケットから何かを出した。

「これ……」

それを見た私は呆然《ぼうぜん》と呟《つぶや》く。大橋さんの手のひらにあるものは鍵《かぎ》だった。

しかも、見覚えがある。アヤ叔母《おば》さんと私が住むこの部屋の鍵だ。

どうして彼がこの鍵を手にしているのだろう、と考えたが、すぐにわかった。

「アヤ叔母さんが、大橋さんに渡したんですか？」

「そう。渡されたっていうか、もらった」

「もらった!?」

私は目眩《めまい》でクラクラする頭を支えながら、こめかみを押す。

これじゃあ出入り自由じゃない、とポツリと呟くと、大橋さんは肩を揺らした。

「出入り自由なんてもんじゃないよ。だって、俺は今日からここに住むわけだし。咲良の隣の部屋を俺の部屋にしていいって社長が言っていた」

「アヤ叔母さんが帰ってきたら、抗議してやる」

怒りが込み上げてきたが、今、ここには怒りをぶつけるべき相手がいない。

静かに闘志を燃やす私に、大橋さんはニヤリと意味深に笑う。

「社長は帰ってこないよ」

「え？」

「ここのマンション。咲良と俺にあげるって」

「は？」

言葉を失う私に構わず、大橋さんはリビングのあちこちを指さした。

「ほら、ちょっと殺風景になっていない？」

「確かに！」

見回したところ、アヤ叔母さんの愛用のラグチェアがない。それに、スチールハンガーにかけてあった帽子もなかった。

そういえば、玄関もいつもより殺風景だった気がする。

これは、アヤ叔母さんは本気で帰ってこないつもりだ。

愕然《がくぜん》としている私の耳元で、大橋さんが色っぽく囁《ささや》く。

「二人っきりだな」

「っ！」

動揺のあまりビクッと飛び上がる私に、大橋さんはフフッと笑い声を漏《も》らした。

「ここが咲良と俺の愛の巣ってヤツかな」

「あ、あ、愛の巣って……」

動揺しすぎて大橋さんの膝《ひざ》から落ちそうになった私を、大橋さんが慌てて抱き留める。

そして今度は私を横抱きにすると、彼は満足そうに頷《うなず》いた。

「結婚したはずの男女が別居していたら、世間はどう思う？」

「うっ」

「それに咲良は、同居だけは許してくれていなかった？」

「それは、だって……」

先日は、世間を欺《あざむ》くために、同居だけすればいいだろうと思っていたからだ。

でも、深く考えていなかったことは否《いな》めない。

そもそも、アヤ叔母《おば》さんも一緒に住むと思い込んでいたので、大橋さんと同居しても何とかなると判断したのだ。

だが、よくよく考えれば、あのアヤ叔母さんが一緒に住んでくれるとは思えない。

『いやよ。姑《しゅうとめ》が新婚家庭を邪魔してるなんて言われたくないもの』

とか言って、拒否しそう。

こうやって冷静になればわかるのに、あの時の私は目先の問題で手一杯だった。今さら悔《く》やんでも悔やみきれない。

自分のお気楽さ、危機回避能力の低さに頭が痛くなる。

「同居でも同棲《どうせい》でもない、新婚家庭だからな。そこんとこ間違えるなよ？」

私にそう言い聞かせる大橋さん。しかし私には、答える気力がなかった。

神様。仏様。私はどうやら悪魔に魅入《みい》られてしまったようです。

がっくりと項垂《うなだ》れる私を見て、悪魔が高笑いをした。

ジトッと睨《にら》んだが、大橋さんは気にもしていない様子だ。

私は一つ大きくため息をついて、話を切り替えることにした。

「とりあえず、その問題は置いておきます」

「ん？　置いておくんだ。余裕だね、咲良」

「余裕なんてありません。ただ、これについてはアヤ叔母さんにも抗議しなくちゃいけないからです！」

むきになって反論する私を、大橋さんはやんわりと笑ってかわす。

そういう態度は大人な雰囲気で、私より年下とはとても思えない。

これは本当にマズイ。危機管理能力を上げなければ、今後大橋さんの思うようにされてしまう。

不安を感じながらも、私は別の疑問を投げることにした。

「あと、大橋さん」

「あ、ちょっと待って。咲良」

「え？」

質問しようとした矢先、大橋さんに止められてしまう。いったい何なんだろう。

「それ、やめてくれないか？　他人行儀でイヤだ」

「何を？」

「大橋さんって呼び方。春馬って呼んでよ。咲良の方が年上だから、呼び捨てでね」

「それを言うなら、大橋さんが私を咲良って呼び捨てにするのは、どうかと思います」

「じゃあ、咲良さんって呼べばいい？」

まっすぐな瞳でこちらを見つめる大橋さんに、戸惑ってしまう。

「べ、別に、何でもいいですけど」

「それなら呼び捨てのままにする。ずっとこう呼びたいって思っていたから」

「え？」

「いや、こっちの話。それより、これから春馬って呼べよ」

「無理です」

即座に拒否した私に、大橋さんは口元を緩《ゆる》ませた。その笑みは美しいのに不穏で、悪魔と称するのにふさわしい空気を感じる。

ゆっくりと私の肩に触れた彼の手は、そのまま脇腹を通り、腰にたどりついた。

その動きはどこか官能的で、身体がゾクゾクと震えてしまう。

「俺の手は、咲良を欲している」

「……？」

「このまま俺に抱かれる？　咲良」

冗談でしょう、と笑い飛ばそうとしたが、間近に迫る大橋さんの目は真剣そのものだった。

腰で止まっていた彼の手が、ヒップを撫《な》でるように動き出す。

驚いて目を丸くする私に、大橋さんはニッコリと満面の笑みを浮かべた。

「このまま抱かれるのがいいか、それとも俺を春馬って呼ぶか。二つに一つだ。さぁ、どうする？」

「ど、どうするって」

究極の選択を突きつけられ、キャパシティーが少ない私の脳はパンク寸前だ。

アワアワと慌てふためく私に、大橋さんは顔を近づけた。

「ち、近いですよ、大橋さん」

「あ、まだ大橋さんって言う。そうか、咲良は俺に抱かれたいんだ？　いいよ、今から抱こう。どうする？　このままダイニングテーブルの上でする？　それとも寝室に行く？」

「どっちも遠慮申し上げます！」

「じゃあ名前で呼びなよ。そうしないと貞操《ていそう》の危機だよ？　君島咲良さん」

そう囁《ささや》かれた瞬間、背中にゾクリと甘美《かんび》な刺激が走った。腰にくる声っていうのは、こういう声を言うのかもしれない。

大橋さんは顔もスタイルもよくて、並の女の子ならすぐに陥落《かんらく》してしまうだろう。

その上、声までいいとなれば向かうところ敵なしである。

熱くなる頬《ほお》を隠すこともできず、私はただ呆然《ぼうぜん》とするだけだ。

そんな私の顔をチョンチョンと指で突きながら、大橋さんは笑う。

「ほら、観念して俺の名前を呼んで？」

「……」

「ほら、咲良」

大橋さんに促《うなが》されるまま、私はそっと呟《つぶや》いた。

「……春馬君」

「んー、呼び捨てがいいんだけど。でも、君付けも咲良らしくていいな」

目尻を下げて笑う大橋さん——春馬君は、とても嬉しそうだ。

こんなことで大喜びする春馬君を見て、私は一瞬状況を忘れ、思わず笑ってしまった。

「ふふっ。春馬君は大人っぽいのか、子供っぽいのか。わからないですね」

「それが俺の魅力の一つじゃない？　すぐに咲良だって虜《とりこ》になるよ」

「そうやって、色んな女の子と付き合ってきたんじゃないんですか？」

カチンときて言い返せば、その反応さえも嬉しいと春馬君は目尻に皺《しわ》を寄せてほほ笑む。

「ヤキモチ焼いてくれるなんて嬉しい」

「ヤキモチじゃないです！　それよりこの手を、早くどけてください」

私のお尻を触る手をペチンと叩くと、彼は大げさに騒いだが知らぬ振りだ。

ツンとそっぽを向く私を見て、春馬君は声を上げて笑う。

恥ずかしくなった私は、慌てて口を開いた。

「そ、それより！　質問の続き」

「ん？　まだあるの？」

「あります！　いっぱいありますよ」

自分の太ももをバンバンと叩きながら、私は春馬君に訴えた。

「お見合いのときと全然雰囲気が違います！」

「そりゃそうだろう。初対面の人に会うとき、大体は猫を被《かぶ》らない？」

「そ、そうかもしれない……けど」

春馬君の言う通りなのかもしれない。初対面の相手と会うときは、多少なりともよく見せたいと思うのが人情である。

それに、春馬君は会社のために政略結婚をどうしても遂行《すいこう》させたいので、なおさら礼儀正しい大人の男を演じるものだろう。

しかし、こちらとしては詐欺《さぎ》にあったようで納得がいかない。複雑な思いでいたら、春馬君がしれっと言う。

「これも交渉戦術。それにしても、そんなにビックリした？　納得がいかないって顔している」

「だって別人なんだもの。詐欺《さぎ》だと思います」

「詐欺か。だけど、今の俺は偽《いつわ》りもない大橋春馬だ。心配しなくていい」

「どちらかというと、お見合いの時の春馬君の方がよかったかも」

真顔で呟《つぶや》けば、「そんなこと言うなよ」と春馬君は私の頭をグリグリと撫《な》でる。

そのせいで髪の毛がグシャグシャになったら、春馬君はそれを見て大笑い。全く失礼極まりない。

唇を尖《とが》らせて抗議をする私を、彼はとても愛おしそうに目を細めて見つめている。

（えっ、どうして？）

春馬君とは、あのお見合いで初めて会ったはずだ。それもこの結婚は、会社のための政略結婚。

それなのに、何故ここまで、私を優しい瞳で見つめることができるのだろう。

もちろん私にゴマをする必要があるからだということはわかる。だけど、本当にそれだけなのだろうか。

強引な態度や行動で私を追い込むくせに、どこかに逃げ道を用意して、そこに導いてくれる春馬君。

そういえば、彼の言葉の端々《はしばし》に気になるところがあった。

前々から私を知っていたかのように言うときがあるのだ。春馬君と顔を合わせたのは、これで二回目のはずなのに。

「あの、春馬君」

「ん？」

「私たちって、あのお見合いで初めて顔を合わせたんですよね？」

私の釣書《つりがき》を見たり、調査をしたりしていた可能性は高いが、それだけではないような気がする。

もし、面識があるのなら、いつだろう。私は彼と話したことがあるのか。

ドキドキする胸をギュッと押さえながら、春馬君の顔を見つめる。

だが、彼は私の質問に質問で返してきた。

「咲良はどう思う？」

「私は思い出せないんだけど、どこかで会ったことがあるんじゃないかなぁ、と思いまして。だって、春馬君の言葉に、何だか以前に会ったことがあるみたいな含みを感じるときがありますし」

静かに私の話に耳を傾《かたむ》けていた春馬君は、突然私を抱いたまま立ち上がった。

不安定な身体を守るため、私は咄嗟《とっさ》に春馬君にしがみついてしまう。

「いいね、そうやって俺に縋《すが》っていろよ」

「い、いやです。突然立ち上がるからびっくりしただけだもの！」

慌てて手を解こうとしたが、それを拒《こば》むように彼は私を力強く抱き締めた。

「さぁて、俺が咲良を知っていたかどうか。教えてほしいんだろ？」

「そ、それはもちろん」

過去に春馬君と出会っていたというなら、その出来事を思い出したい。

面識があるのに覚えていないうえ、思い出そうともしないなんて、あまりにも失礼だろう。

コクコクと頷《うなず》く私に、春馬君は意地悪な笑みを浮かべた。

「続きはベッドの上で、な」

第二章

春馬君がマンションに押しかけてきた翌朝。私と彼はリビングで朝食をとっていた。

「ねぇ、咲良。俺のほっぺ、赤く腫《は》れていない？」

「……」

「これでも俺、御曹司《おんぞうし》ってやつなんだけど」

「……」

ここは無言を貫《つらぬ》く。それしかない。

チラリと春馬君の顔を見たが、大げさにするほどでもなかった。

大丈夫、誰かに頬《ほお》を叩かれたとは気付かれないはず。

黙々とご飯を食べる私に、春馬君は恨《うら》みがましい様子で呟《つぶや》く。

「何も、両頬を叩かなくてもいいのに」

その言葉に、私はつい突っ込んでしまった。

「春馬君が全部悪いです」

「俺は悪くないと思うけど？」

「絶対に春馬君が悪いです。すぐに答えてくれていたら、あんなことしなかったのに。二言目にはすぐ、べ、べ、ベッドにって言うし」

「咲良を抱きたいんだから仕方ないだろう。俺は本能のまま動くから」

温かいお茶を飲みながら、悪びれもせず言い切る春馬君に呆れ返ってしまう。

昨夜、彼に再び寝室へ連れ込まれそうになった私は、彼の左頬《ひだりほお》を思いっきり叩いて阻止したのだ。

春馬君だって自分が悪いとわかっているくせに、こうやってチクチクと私の良心に訴えかけている。

何だか釈然としないし、昨夜からずっとふてくされているのが、私の方だなんて悔しい。

春馬君は本当に意地悪だ。

それなのに、彼の朝食も用意した私は絶対にお人よしだと思う。

お味噌汁《みそしる》を飲みながら、私はふと窓の外を見つめる。

春馬君が言っていた通り、昨夜アヤ叔母《おば》さんはマンションに帰ってこなかった。

本気でここを私と春馬君の生活スペースにするつもりなのだろう。

（あとで叔母さんに電話しなきゃ）

あれこれと抗議して、考え直してもらわなくてはならない。

しかし、電話したからといってこの状況を回避できるのかは、別の話なのだろうけど。

私は視線を戻し、正面に座って美味《おい》しそうにお味噌汁を飲む春馬君を見つめる。

そういう表情は無邪気なのになぁと思っていると、彼は箸《はし》を置いた。

「咲良。結婚式の日取りだけど、来月の第二土曜日だから」

「え？　ずいぶん急ですよね？」

カレンダーを確認したところ、その日は大安のようだ。

式場を押さえるのも至難の業《わざ》だっただろう。

アヤ化粧品と大橋ヘルシーというネームバリューを使って、無理やりねじ込んだのかもしれない。

そう思い眉をひそめていたら、春馬君が首を横に振る。

「急でもないよ。だって提携《ていけい》の話が持ち上がっていた時点ですぐに予約していたし。もう一年も前にね」

「え⁉」

驚きのあまり、私はご飯茶碗を落としてしまう。幸い中身はちょうど空《から》になったばかりで、お茶碗も割れなかった。

箸だけを持ったまま動かない私に、春馬君はフフフと楽しげに笑う。

「社長には、だいぶ前から話を持ちかけていたからね。その頃にはすでに、いくつか式場を押さえていた」

「押さえていたって……」

「社長が俺をお気に召さなかったら計画はパーになるから、気が気じゃなかったんだけどね。一番困ったのは咲良のことかな」

「え？　私？」

「そう。咲良の好みがわからなかったからさ。でも、見合いの席で咲良が俺に式場を任せると言ってくれて助かったよ。凄《すご》く悩んだけど、咲良が一番好きそうな式場にした」

ほら、と目の前にパンフレットを差し出されて目を見開いた。

この式場は、県で一番収容人数が多く、立派な式ができると評判のところだ。

パラパラとめくっていくと、牧師の前で誓いのキスをしようとしている新郎新婦の写真があった。

（これを、私と春馬君でするっていうの？）

慌ててパンフレットを閉じる私を見て、春馬君は目を輝かせた。

「どう？　ステキな結婚式場だろう？」

「う、うん」

確かにステキではある。友人の結婚式で一度訪れたことがあるが、おとぎ話の中に紛《まぎ》れ込んでしまったかと錯覚《さっかく》するほどに、幻想的な風景の式場だった。

一緒に出席した友人たちも感嘆《かんたん》のため息を零《こぼ》して、「こんな式場で結婚式がしたい」

なんて言っていた。

しかし、恋愛に縁がなかった自分が、この式場で結婚式を行うとは夢にも思わなかった。

だけどそれが今、現実に起ころうとしている。人生どこでどう転ぶかはわからない。

昨日、「教会式はしたくない」と主張したことも忘れ、私は考え込む。

（本当に私、結婚式をするのかな）

お見合いの日、お互いの利益のために結婚式だけは行うと約束し、春馬君と同じマンションで二人きりで暮らすことも知らないうちに決定してしまった。

結婚したと世間にお披露目《ひろめ》すれば、別居というわけにはいかないだろう。だけど、まだ実感が湧《わ》いてこない。

なんせ見合いをして約十日ほど。それも彼と会ったのは見合いのときだけなのだ。

困惑している私に、春馬君が追いうちをかけるように言う。

「招待状はもう出したから」

「え!?」

「社長にピックアップしてもらったから間違いないと思うけど、ほら、これが名簿。もし抜け落ちがあったら早めに言って。すぐに招待状を作って送付するから」

すでに外堀《そとぼり》を埋《う》められ、引き返せないところまで進んでいるようだ。

がっくりと項垂《うなだ》れる私を見て、春馬君は妖艶《ようえん》な笑みを浮かべる。

「ご愁傷《しゅうしょう》さま。咲良はもう、俺のモノだから」

「っ！」

「逃げても無駄だよ？」

そう悪戯《いたずら》っぽく口にする春馬君は、文句なしに格好いい。

それが計算ずくの表情のように感じるのは、私が彼を信用しきっていないからだろうか。

お味噌汁《みそしる》の具を口に運んでいる間も、春馬君の真意や彼自身が気になって、目を離せない。

姿勢正しくご飯を食べる仕草は、とてもキレイだ。

若い男の人は、もっとガツガツ食べるイメージがあるのに、と好印象を持ってしまう。

私がチラチラと視線を飛ばしていることに気が付いているはずなのに、素知らぬふりをしてお味噌汁を飲む春馬君。

釈然としない思いを抱えつつ、私は春馬君を見るのはやめて、朝ごはんを早く食べてしまうことに専念した。

なんとか朝食を終え、私は今日のスケジュールを頭の中で確認しながら準備を急ぐ。

「えっと。じゃあ、私は先に出ていきますね」

「え？　もう出勤するの？」

春馬君は壁時計を見て怪訝《けげん》そうな顔をする。このマンションから私の勤め先までの距離を考えて、時間はまだ大丈夫だと踏んでいたのだろう。

「ええ、受付周りの掃除とかをしたいから。いつも早めに出社しているんです」

食器の後片付けなども済ませ、あとは出かけるだけの私を見て、春馬君は慌てて立ち上がった。

「それじゃあ、今日は俺も一緒に行く」

「えっと、電車だけど？」

御曹司《おんぞうし》と言われる人は、ラッシュの電車などとは無縁の生活をしていると想像していた。私は、意外に思いつつ春馬君に確認する。

すると彼は、楽しげにフフッと笑った。

「電車くらい乗るよ。咲良の勤め先と大橋ヘルシーは途中まで同じ沿線だから、一緒に行けるしね。今日は早朝会議もないし、出張もない。大丈夫」

ジャケットを羽織《はお》る春馬君は、余裕の表情だ。一方、まさか出勤まで一緒だなんて想像すらしていなかった私は慌ててしまう。

「で、でも！　帰りはどうするの？」

何とか阻止したい私の気持ちはわかっているのだろう。春馬君は意地悪く笑った。

「ん？　電車で帰るから心配いらない。ほら、咲良。行くぞ」

私の手を強引に握り、彼は鼻歌交じりで部屋を飛び出した。

駅に向かう途中、何度か手を振り払おうとしたが、春馬君は許してくれない。

根負けした私は、彼と手を繋《つな》いだまま電車に乗り込んだ。

車内でじっと立っていると、大きな手に包み込まれ、温もりを与えられているのを実感する。

こんなふうに男性と手を繋いだことは今までなかったので、ドキドキしすぎて、心臓が口から飛び出してしまいそうだ。

挙動不審な私を見下ろしていた春馬君は、眉間に皺《しわ》を寄せた。

「ねぇ、咲良。こんなに混んでいる電車に毎日乗っているのか？」

「うん。でもまだ朝早いし、さほど混んでいないと思うけど」

あと一本遅いと、人の多さはこの比ではない。だからこそ私は早めに家を出ているのだ。

それを春馬君に告《つ》げたところ、ますます眉間の皺が深くなっていく。

「咲良が痴漢《ちかん》に遭《あ》うかもしれないじゃないか」

「大丈夫。今までだって一度もなかったし」

そんな心配無用ですよ、と言っているのに、春馬君はブツブツと何かを呟《つぶや》いていて話を聞かない。

「毎日一緒に出勤したいけど、実際無理だしなぁ」

「だから、大丈夫ですって」

　私を心配してくれることはとても嬉しい。でも、照れくささもあってくすぐったかった。

　春馬君は、私の心配をし続けている。

「ねぇ、咲良。結婚したら仕事辞めないか？　俺、心配で仕事が手につかないかもしれない」

「大げさですよ」

　真剣な面《おも》持《も》ちで私の顔を覗《のぞ》き込む春馬君がおかしくて、クスクスと笑う。

　笑い続ける私を見て、春馬君は面白くなさそうだ。

　彼が何か言おうとしたとき、ちょうど私たちが降りる駅に到着した。

　私はこの駅から徒歩で会社へ行き、春馬君は乗り換えのはずだ。

　電車の扉が開くと、私は流れに乗ってホームへと降り立つ。

　そのあとから春馬君も降りてきた。そのときだった——

「キャッ！」

　私は後ろから走ってきた学生にぶつかられて、よろけて倒れそうになった。

咄嗟《とっさ》に春馬君が私を抱き寄せ、助けてくれる。

「危ないな。咲良、大丈夫か？」

「う、うん」

春馬君にギュッと抱き締められ、ドキドキしすぎて胸が苦しい。

私を助けてくれた彼は、いつも以上にステキに見えた。

格好いい男の人が、ピンチを助けてくれる――物語などで恋に落ちる王道パターンではあるが、まさに今、自分がその王道に嵌《はま》りそうになる。

だけどダメ。絶対にダメだ。

どんなに春馬君がステキだからと言って、彼に好意を抱いてはいけない。

彼には、どうしても私と結婚しなくてはならない事情がある。だからこそ、私に優しくもするし、ピンチの時には助けてくれるのだ。

彼の演技に騙《だま》されるものかと内心で誓う。だけど、胸の鼓動まではどうしても抑えきれない。

「咲良、顔が真っ赤だぞ？」

「だ、大丈夫です」

「熱があるとかじゃないよな？」

そう言うと、春馬君は大きな手のひらで私のおでこに触れた。

それだけで、体温が急激に上がった気がする。

とにかく、これ以上彼の近くにいたら、色々な意味で危険だ。

まだ心配する春馬君を宥《なだ》め、私は一人改札を出ようとした。ところが、彼に呼び止められる。

「咲良！」

「え？」

振り返ると、すぐ傍《そば》に春馬君が立っていた。いつの間に走り寄ってきていたのだろう。

ビックリして目を白黒させていたら、彼は腰を屈めて私の顔を覗《のぞ》き込んできた。

一瞬息をのんだ私に、彼はより近づく。そして……

「なっ！」

頬《ほお》に柔らかい何かが触れた。慌てて頬を手で隠す私に、春馬君は悪戯《いたずら》っ子のような笑みを浮かべる。

「ごちそうさま。これで今日一日頑張れる」

「っ！」

我に返ったあと小言を言おうとしたのだが、時すでに遅し。

春馬君は手を振りつつ背を向け、乗り換えホームへ行ってしまった。

手で押さえている頬が熱い。あの柔らかい感触は、春馬君の唇で間違いないだろう。

口づけられたときキュンとときめいた胸が、切ないままだ。

それを誤魔化《ごまか》すように「平常心、平常心」と呟《つぶや》いたが、なかなか熱は冷めてくれなかった。

＊＊＊

いつものように早めに出社した私は、挙動不審のまま受付付近を掃除する。

今朝の出来事のせいで、まだ胸が高鳴っていた。気を緩《ゆる》めれば、春馬君の顔が脳裏《のうり》に浮かんでしまう始末。

それをどうにかかき消せないかと、必死に作業する。

そんな中、キレイな黒髪の人物が私の前に立ち塞《ふさ》がった。

「おい、咲良。どういうことだ？」

「カンナちゃん？」

私の同期である田尾《たお》カンナちゃんが、腕組みをして私を見下ろしている。

腰まであるサラサラの黒髪で、ダークブラック系のパンツスーツを着た彼女は、涼《すず》しげな目をした、スレンダーな体形の美女だ。

営業職の彼女は仕事の能力が高く、同期の中でも、ダントツの出世頭だ。

同期といっても私たちの年齢は二つほど違う。私は短大卒だが、彼女は四大卒の三十一歳だからだ。

姉と妹的な立ち位置はお互いにとても心地がよく、会社で一番の仲良しである。

そんなカンナちゃんが、どうして怖い顔をして私を見下ろしているのだろうか。

全く心当たりがなく、私はゆっくりと首を傾《かし》げた。

「おはよう、カンナちゃん。どうしたの？」

誰もいないロビーに、私の声がよく響いた。

しかし、カンナちゃんからの返事はない。彼女は眉間に深い皺《しわ》を刻んで黙り込んでいたが、やがて口を開いた。

「どうしたのじゃない。これは何だ」

きょとんとしたままの私に、カンナちゃんはカバンから封筒を取り出し、裏返して突き出す。

「え……あ!!」

そこには私の名前と、春馬君の名前が書いてある。それを見た私は、この封筒が結婚式の招待状だとやっと気が付いた。

「その様子では、この招待状は悪戯《いたずら》ではなく、本当だということか」

「えっと、その……はい」

私も今朝方知ったばかりだ。だが、実際にこうして招待状を目の当《ま》たりにすると、本当に結婚式をするのかとため息が零《こぼ》れてしまう。

こちらの憂鬱《ゆううつ》な気持ちを読み取ったのか。カンナちゃんは私の手首を掴《つか》んで、ロビー近くにある休憩《きゅうけい》スペースへ私を引きずり込んだ。

カンナちゃんは周りに誰もいないことを確認したあと、口を開く。

「咲良。質問してもいいだろうか」

「う、うん」

カンナちゃんは、すぐにこの結婚が嘘だと気が付いてしまうだろう。

なんせ彼女は、私の恋愛経験がゼロだと知っている人物だ。

いきなり結婚しますと招待状を送ったとしても、納得してもらえるわけがない。

カンナちゃんには今回の成り行きをすべて話しておこう。

そう考えていると、彼女の口からとんでもない言葉が飛び出した。

「咲良、いつの間に処女じゃなくなったんだ？」

思わずブッと噴き出した私を見て、カンナちゃんは不思議そうだ。

「何だ違うのか。もしかして純潔《じゅんけつ》は初夜まで守る派か？」

「カンナちゃん！」

カンナちゃんは頭が切れるし、仕事をバリバリこなすキャリアウーマンだ。

なのに、何故か天然発言が多い。

きょとんとしていたカンナちゃんだったが、急に真剣な面持《おもも》ちになった。

「しかし結婚とは、私は何も聞いていない。言ってみろ、咲良。何か大変なことになっていないか？　私に協力できることはあるか？」

私にソファーへ座るよう促《うなが》したあと、カンナちゃんも向かいの椅子に腰かけた。

まだ、私たち以外の社員は誰も来ていない。話すなら今のうちがいいだろう。

「あのね、カンナちゃん……」

こうして私は、十日前にした見合いの結果、結婚しなくてはならなくなったと話す。

また、お互いの会社のための政略結婚だということも説明した。

「政略結婚!?」

「ちょ、ちょっと。カンナちゃん、声が大きいよ」

慌てて立ち上がり彼女の口を押さえたが、すでに手遅れだったようだ。

ふいに気配がしたので振り返ると、休憩スペースの入り口に、招待状の封筒を手にして青ざめた顔で立っている人物がいた。営業部の金沢《かなざわ》主任だ。

彼は会社で一、二位を争うほど女子社員から人気がある。いつものようにパリッとスーツを着こなし、緩《ゆる》くウェーブがかかった髪をキレイに整えている。

日頃は笑顔を絶やさない人なのに、今は表情が能面《のうめん》みたいだ。

「金沢さん……。い、今の話、聞いてしまいましたか？」

できれば聞こえていないといい。わずかな希望を抱きつつ、私は恐る恐る聞いてみた。

だが、金沢さんは小さく頷《うなず》く。

困った私は、もう一度ソファーに力なく腰かけた。

「おい、君島。この招待状はどういうことだ？ それも政略結婚って……」

「えっと、その……」

まずいことになった。まさか金沢さんにまでばれてしまうとは。

金沢さんを見上げると、彼は真摯《しんし》な眼差《まなざ》しで私を見つめている。

事が事だけに、あまり大事《おおごと》にはしたくないし、企業間の関係もあるので公《おおやけ》にするのは避《さ》けたい。

だけど、ここまで聞かれたからには、説明しない限り、金沢さんはよしとしないだろう。

しかし、他の社員はまだ全然出社していないこの時間に、どうして金沢さんは会社にいるのか。

「金沢さん。今日は早朝会議でもあるんですか？」

「いや、君島と話がしたくて早めに来た。お前はいつも皆より早めに来て、受付のあたりを掃除しているだろう？」

「はい。でも、話って？」

「これだ」

金沢さんは持っていた結婚式の招待状を私に見せた。

実は私、まだ招待状の中身も見ていないんです、と言ったら金沢さんは何と言うのだろうか。

そんなことを考えながら金沢さんから招待状を受け取り、中を確認してみる。

そこには、今朝春馬君から聞かされた日取りや場所などが書かれていた。

アヤ叔母《おば》さんにカンナちゃんを紹介したことがあるが、金沢さんのことは仲がいい男の先輩がいるとだけしか伝えていない。それなのに金沢さんに招待状を送付していたとは。

私の交友関係を押さえているあたり、アヤ叔母さんの情報網はやっぱり侮《あなど》れない。そう思って、こっそりと息を吐き出した。

そんな私に、金沢さんが問いかける。

「君島が誰かと付き合っているとか、そういう話を聞いたことはない。それなのにどうして突然結婚するなんて話が出たのか。どうしても解《げ》せなくてな。もしかしたら困った事態になっているのでは、と心配で、本人に直接確認した方がいいだろうと思ったんだ」

「そ、そうですよね」

どう言ったものかと悩んでいると、何故かカンナちゃんと金沢さんが言い合いを始めた。

「金沢さんの場合、いい人ぶって、本当は結婚をぶち壊したいだけじゃないか？」

「うるせぇな、田尾は」

ギャーギャーと騒ぐ相変わらずな二人を見て、私はため息をつく。

私は、覚悟を決めて二人に言った。

「今夜、お二人は暇ですか？」

同時に、手にしていた結婚式の招待状をギュッと握りしめた。

＊＊＊

「ああ、君島くん。おめでとう」

「お、おはようございます。部長」

就業時間になり、受付業務を開始した私の前にニコニコ顔の総務部長が立った。

祝いの言葉を言われたということは、部長のところにも結婚式の招待状が届いたらしい。

友人の結婚式に出席したとき、上座のテーブルは勤め先の上司たちで占《し》められていた。ということは、総務部長はもちろん、課長や主任にも招待状が届けられているのだろうか。

前もって話がないのに招待状を送り付けられたら、誰だってびっくりする。それに、予定だってすでにあったかもしれない。

私は深々と頭を下げて部長に詫《わ》びた。

「突然、招待状を送ってしまいまして申し訳ありませんでした」

「いやいや。久しぶりの結婚式だから楽しみにしているんだよ」

「でも突然でしたから……スケジュールは大丈夫でしたか？」

「ああ、心配いらないよ。スケジュールに問題はなかったから。当日は喜んで君島くんをお祝いさせてもらうからね」

部下の結婚式にウキウキした様子の部長を前にして、私は顔を引き攣《つ》らせるしかない。

スケジュールが合わず欠席してくれたら、と内心願わなくもなかったが、どちらにしてもこうして結婚式の招待状を送ってしまったということは、結婚すると報告したことと同じだ。

春馬君のことを隠そうとしても遅いだろう。

「ありがとうございます、部長。でも本当に急でごめんなさい」

「別に急でもないぞ？　前に、ご丁寧に君島くんの親御さんが直接お見えになって手渡してくれたしね」

「え……？」

今、部長は何かとんでもないことを言っていなかったか。

固まった私には気が付かず、部長は楽しげに笑う。

「親御さんが来たときにも聞いたんだが、仕事は続けてくれるんだってね。いやぁー、よかった。君島くんはうちの会社の顔だから、抜けられると困るなぁと思っていたんだよ」

「あ、ありがとうございます。えっと、そのぉ……うちの者はいつ、部長に招待状を持ってきたのでしょうか？」

何だかとてもイヤな予感がする。今の話の流れだと、お見合いをする前に、すでに招待状が部長たちに手渡されていたともとれる。

どうか私の考えすぎで終わりますように、と願ったが、むなしく撃沈した。

「あれは、いつだったかなぁ。もう、ふた月は前かなぁ」

「……」

「なかなか煮え切らない君島くんに、骨を折ったと聞いたぞ？　親御さんは君の幸せな姿を見たいと思っているのだから、結婚式は親孝行だと思って、な？　急にへそを曲げると、いけないので、今日までは君島君には内緒で、という旦那さんの意向らしい。ずっと話したくてウズウズしていたんだよ。あははは!!」

やっぱり私の知らないところで、アヤ叔母《おば》さんと春馬君が色々画策していたようだ。

私と春馬君が顔を合わせてすらいないのに、結婚式の準備を進めていたとは。

そういえば今朝、一年も前から式場を押さえていたと春馬君が言っていたが、どうやらそれも本当のことだったのだろう。

きっと、私が大橋ヘルシーを見捨てられないこともわかっていたに違いない。

私の性格をよく知っているアヤ叔母さんだからこそ、できたことだろう。

とにかく、アヤ叔母さんと春馬君に踊らされていたのは確かだ。

カンナちゃんや金沢さんに昨日届くようにしたのは、二人には口止めができないと踏んだからだろう。

アヤ叔母さんたちの策略に、私は怒りを通り過ぎてあ然とするばかり。

もう何と文句を言おうが、逃がさない——そう言いたいのかもしれない。

今夜にでもアヤ叔母さんに電話をしなくてはと思ったが、その前にカンナちゃんと金沢さんに今回の顛末《てんまつ》を話しておくべきだろう。

そう考えていたら、受付を通りかかった男性——総務課長が声をかけてきた。

「おお！　君島くん。おめでとう。結婚式楽しみにしているよ」

「課長……」

課長の声を聞いて、ロビーがザワザワと騒がしくなった。

（ああ……これで言い逃れできなくなったということだよね？）

あちこちで私の結婚話がされている。みんなに祝福されるたびに、どういった反応をしたらいいのか迷ってしまった。

本当なら、幸せオーラを振りまいてお礼をするのが正しいのだろう。

しかし、私の結婚は普通の結婚とは少しだけ……いや、だいぶ違う。

形ばかりで籍を入れない、張りぼてのような結婚だ。

はたしてどれほどの期間もつだろうか。

部長と課長、いつの間にか主任までもが、私の結婚について楽しげに話している。

その様子を見て、私は誰にも気付かれないようにこっそりとため息をついた。

＊　＊　＊

社内のあちこちで祝いの言葉を言われ、それに苦笑いしながら答える——そんな一日を終えた私は、カンナちゃんと一緒にデパ地下でお総菜《そうざい》類を買い込んだあと、金沢さんのマンションにお邪魔した。

最初は、突然で申し訳ないから、「どこかのお店にしましょう」と提案したのだ。だけど、金沢さんが「大丈夫だ。それなりにキレイにしてある」と自信満々で自宅に招待してくれた。

あまり人に聞かれたくない内容なので金沢さんの申し出は正直ありがたかった。

金沢さんが言った通り、シックな色使いの家具で統一された1LDKは、キレイに整えられている。

テーブルに先ほど買ったお総菜を並べて、三人でご飯を食べ始めた。

だが、誰もが無言で何とも言えぬ雰囲気だ。

いつもなら、豪快なカンナちゃんに金沢さんが注意をして、その様子を私が笑って見ているという場面である。

しかし、今日は違った。二人とも、降って湧《わ》いたような私の結婚について聞きたいが、わけありっぽいから聞けずにいる、といった様子だ。

この重苦しい空気をどうにかするため、私は口を開く。

「えっと……招待状が突然届いて驚いたかもしれないけど、結婚するのは本当です。ただ、政略結婚だけど」

思いのほか冷静に話していることに、自分でも驚いてしまった。

二人も同じ感想を抱いたようで、カンナちゃんが意外そうに言う。

「咲良しからぬ冷静さだな。咲良は了承しているのか？」

「了承っていうか。まぁ、うん」

一応私なりに考えた結果だ。了承したのかと聞かれれば、そうですと答えるしかない。

ただ、この結婚は条件付きだという説明も付け加える。

すると、カンナちゃんが怪訝《けげん》な顔で尋ねてきた。

「式だけやって、籍は入れないのか？」

「うん。叔母《おば》さんの会社、アヤ化粧品と相手の大橋ヘルシーが結びついたというのを公《おおやけ》にする必要があるって言われてね。籍を入れて名実共に夫婦になるか、式だけ挙げて、形ばかりの夫婦を演じるか選んでいいって話になったの」

春馬君と叔母さんの根回しをみる限り、籍を入れても入れなくても式を挙げることになっていただろう。

まんまと二人の策に嵌《はま》ってしまったということだ。

「それで咲良は、結婚がうまくいかなかった場合を考えて、籍を入れず体裁《ていさい》だけ整える方法をとったということか？　つまり嘘つき結婚だな」

カンナちゃんにはっきり言われて一瞬びっくりしたが、その通りだ。逃げ道を残したくて籍だけは入れないようにしたのだから。

私は「そうだね」と力なく呟《つぶや》く。

次の瞬間、ダンッと大きな音がした。金沢さんが拳《こぶし》でテーブルを叩いたのだ。

私は驚いて、身体をピョコンと跳ねさせてしまう。

カンナちゃんも同じく、驚愕の表情を浮かべている。

こんな荒々しい金沢さんを見たことがない。

私は困惑しつつ彼を見つめると、何故か金沢さんに熱い視線で見つめ返された。

どう対応したらいいものかと考えていたら、彼が私に問いかけた。

「じゃあ、君島。結婚式をするのは、二人が結婚したと見せかけるためなんだな？」

「えっと、は、はい！」

威圧感がある声と表情にすっかり圧倒されてしまった私は、叫ぶように返事をした。

何度も頷《うなず》く私を見て、金沢さんは真剣な眼差《まなざ》しで呟く。

「君島は相手の男を、好きではないんだな？」

「え？」

「これは政略結婚なんだろう？」

金沢さんの瞳には、懇願《こんがん》するような雰囲気が漂《ただよ》っていた。その情熱的な眼差しは、普段の冷静な彼とはかけ離れている。

そうです、政略結婚ですから。私はそう言おうとしたのだが、何故か春馬君の爽《さわ》やかな笑顔が脳裏《のうり》に浮かんで、何も言えなくなってしまった。

躊躇《ちゅうちょ》している私の顔を、金沢さんが覗《のぞ》き込む。それに気が付き、私は慌てて頷《うなず》いた。

すると金沢さんが呟《つぶや》く。

「じゃあ、問題ないな」

「え？　問題はありまくりの結婚ですよ。何を言っているんですか——」

どういう意味なのか聞こうとした私の声は、金沢さんの言葉にかき消された。

「君島が好きだ」

金沢さんは背筋を伸ばし、私に熱い視線を送っている。

ギュッと力を入れているらしき拳《こぶし》が、小刻みに揺れていた。

突然の出来事で、どうしたらいいのかわからない。

助けを求めるようにカンナちゃんを見つめたが、肩を竦《すく》めるだけで助けてくれる気はなさそうだ。

（嘘だ。金沢さんが私のことを？）

本当ですか、と聞いてみたくなったが、彼の様子を見れば、これが嘘でないことはわかる。

私がどう答えればいいのかと戸惑っていると、金沢さんは困ったように笑った。

「そんなこと知らなかった。そういう顔をしているな」

「だって、……えっと」

考えが纏《まと》まらず落ち着かない私を見て、金沢さんは言葉を続ける。

「ここ一年は、ずっと君島に片思いだったぞ？　結構あからさまだったと思うのにな」

「まさか……そんな」

まともな返事ができない私に、金沢さんは真剣な顔で聞いてきた。

「君島がするのは政略結婚だ。お前の意思とは別のところで話が進んでいる。それで間違いないな？」

「えっと……まぁ、そうです」

小さく頷くと、金沢さんはますます私をパニックにさせる言葉を投げ付ける。

「その結婚式、ぶち壊してもいいか？」

「え……？　ダメ。ダメですよ！」

すでにいっぱいいっぱいの私は、早めに話を切り上げたいのに、金沢さんの視線は真剣味を帯びていて、それをよしとしない空気があった。

「君島がその男を好きで結婚するなら諦めるつもりだったが、家同士の政略結婚だと聞いてしまった以上、諦めるなんてできない」

「で、でも。金沢さん！」

「籍を入れないなら好都合だ。君島、いつか俺の本当の花嫁になってくれ」

金沢さんの熱い視線に恐れを感じ、私は硬直するしかなかった。

＊＊＊

金沢さんとカンナちゃんとの食事会後、電車を降りた私は悩みながらゆっくり歩く。

春馬君と私の住居になってしまったマンションは、駅から徒歩十分の距離だ。

駅前には大きなビルやお店が立ち並ぶが、少し足を進めれば住宅地が広がっている。

主要都市のベッドタウンとして機能しているこの街は、大型スーパーもあるし、交通網が整備された便利な場所だ。

『君島が好きだ』

自宅への道すがら、金沢さんの言葉がグルグルと脳裏《のうり》に浮かび、私を苦しめる。

今日は何も言えず、カンナちゃんに引っ張られて逃げるように帰ってきてしまった。

だが、冷静に考えれば、金沢さんに結婚式を妨害させるわけにはいかない。

これは個人の問題だけでなく、会社——すなわち社員の生活もかかってくる結婚だ。

そう簡単にぶち壊すことができるはずもない。

それに金沢さんは会社の先輩であり、頼りになるお兄さん的存在だ。それ以上でも、それ以下でもなかった。

（ああ、もう。何が何だか……）

なのに、帰り際、金沢さんが私の背中に投げかけてきた言葉を未だに忘れられない。

「君島が幸せな結婚をしないかぎり、俺は諦められない、かぁ」

つい先日まで結婚なんて縁遠いと思っていた私が、トントン拍子に結婚式をすることになってしまった。

その上、籍は入れないけど、夫となる春馬君とはすでに一つ屋根の下という状態だ。

気持ちがついていかなくとも、結婚式の日は着々と近づいている。

そんな中、初めて男の人に好きだと告白された。

一体全体、どうしてこうなってしまったのか。

あれこれ悩みながら歩いているうちに、気が付いたらマンションの前まで来ていた。

やや遅い時間だとはいえ、マンションの各部屋には明かりがついている。

でもこの位置からでは、私の家に明かりがついているかは不明だ。

春馬君はすでに帰宅しているのだろうか。大橋ヘルシーの重役である彼だから、きっと仕事は忙しいはずだ。まだ、マンションに戻っていない可能性の方が高い。

そう考えると、少しだけ気持ちが落ち着いた。

この数日間に色々なことがありすぎて、私は気持ちの整理ができずにいるし、とても疲れている。

現実逃避ではないけれど、とりあえず今夜だけは何も考えずに眠りたい。

それには春馬君が帰ってくる前に、お風呂に入ってベッドにもぐり込む必要があるだろう。

善は急げ。私は、歩調を速める。

だが、マンションのエントランスに入った瞬間、私の計画は暗礁《あんしょう》に乗り上げた。

「どこに行っていたの？」

低い声がエントランスに静かに響く。

壁に寄りかかり、腕を組んでいる人物がいる。春馬君だ。

「春馬、君？」

彼は険《けわ》しい表情で私を見つめている。先ほどの声も、とても厳しく聞こえた。

スーツのジャケットは脱いでいて、ワイシャツを腕までたくし上げている。その腕の男らしさに、思わず胸がドキッとした。

春馬君はカツカツと革靴の音を響かせてこちらに近づくと、目の前でピタリと止まり、私を見下ろす。

その視線はひどく冷たく、今までの彼とは違う気がして怖かった。

「遅かったね」

「ご、ごめんなさい。連絡もせずに遅くなって」

慌てて弁解する私を、春馬君は無言で見つめている。

　しかし、よく考えれば、私は春馬君の連絡先を聞いていなかった。連絡をすることができなかった理由を言うべきだろう。

「えっとね、春馬君――」

「仕事？　それとも男と食事にでも行っていた？」

　取り付く島もなく、春馬君は鋭《するど》い声で私に問いかける。

　残業をしていたわけじゃない。だから仕事かと聞かれればノーだ。

　もう一つの、男と食事というのは否定できない。ただし、二人きりではなくカンナちゃんもその場にいたが。

　そう説明しようにも、色々考えすぎて、うまく言葉が出てこない。

　黙ったままの私を、春馬君は強引に抱き寄せた。

「ちょ、ちょっと春馬君――」

「静かにして」

「っ！」

　短い言葉だが、私を黙らせるには充分な威力があった。

　恐る恐る春馬君の顔を見上げると、彼の瞳が悲しそうに揺れている。

「春馬君？」

　びっくりして目を見開く私に、春馬君は荒々しく言葉を吐き出した。

「咲良が俺を好きじゃなくても、俺たちは結婚するんだからな」

「春馬君？」

「よそで男と密会なんて許さない」

「み、密会だなんて。今日は会社の同期と上司で食事に……」

慌てて言い繕《つくろ》う私を止めて、春馬君は顔を覗《のぞ》き込んできた。

「お前は俺の女だ。誰にも渡さない」

「っ！　んんっ」

突然、私の唇を柔らかく温かい何かが塞《ふさ》いだ。

至近距離で、春馬君の顔が見える。凛々《りり》しい眉、長い睫《まつげ》。キレイな人はどのパーツも絵になるものだ。

つい、そんな現実逃避をしてしまったが、唇に触れる感触で現実に引き戻される。

生まれて初めてのキスは、甘く、身体が痺《しび》れるほどに刺激的だった。

息苦しくて口を開けた瞬間、私の口内に春馬君の舌が入り込んでくる。

「ふっ……んん！」

彼の熱い舌が私の舌に絡みつくと、身体中にぞくぞくとするような感覚が走った。

その甘さに、私は夢中になってしまう。

腕はダラリと力をなくし、私はされるがまま立ちつくす。

やがて離れてしまった唇の余韻《よいん》に浸《ひた》っていると、春馬君のキレイな唇が動いた。

「咲良、キスは初めて？」

「っ!!」

先ほどまで不機嫌だった春馬君の表情が、少し緩《ゆる》んでいる。だけど、それを見て安堵《あんど》などできない。

春馬君の唇が、楽しげに弧《こ》を描いたからだ。

こんな表情をしたときの春馬君は、何を言い出すかわからない。それは昨夜、イヤと言うほど思い知らされている。

警戒する私に、彼は小さく笑った。

「咲良に色々教えるのは夫の特権だから。忘れるなよ？」

「えっと、は、は、春馬君？」

そんな独占欲を見せられると、彼は私のことが本当に好きなのかもしれないと錯《さっ》覚《かく》してしまう。

生まれて初めてのキスで高揚《こうよう》しているのが、自分でもわかる。しかし、浮かれている場合じゃない。

(でも、あれ……何で私、こんなに嬉しいと思っているの？)

春馬君はまだ知り合って間もない、赤の他人だ。

それなのに彼に抱き締められても、キスされても苦痛に感じない。

むしろ喜んでいる節《ふし》があり、自分自身のことなのに信じられなかった。

（ああ、私は疲れているのかもしれないな）

突然の政略結婚に、偽《いつわ》りの婚約者との同棲《どうせい》、会社の先輩からの告白。

どれもこれも約十日間で起こった出来事だ。何と密な日々だろう。

誰に話しても、「大変だったね」とねぎらってくれるはずだ。

そんなことをつらつら考えていたら、春馬君が声をかけてきた。

「ほら、咲良。行くぞ？」

「え……どこに？」

ボケッと突っ立ったままだった私は、空気も読めずマヌケなことを口走ってしまう。

春馬君は驚いたように目を丸くしたが、すぐにニッと意地悪そうな笑みを浮かべた。

「俺たちの愛の巣」

そう言い切った春馬君は強引に私の腰を抱き、部屋へ急ぐ。

エレベーターに乗っている間も、部屋に続く通路を歩いているときも、彼は私を離そうとしない。

しかし、このまま春馬君の傍《そば》にいては危険だ。

玄関の扉を開けて中に入り、パンプスを脱いだ私は、すぐに彼の腕を解いて自分の部屋に飛び込もうとした。

だが春馬君にそれを阻止され、彼の寝室に無理やり連れ込まれてしまう。

「ねぇ、咲良。ちゃんと自覚している？」

「じ、自覚ですか？」

そうだよ、と頷《うなず》いた春馬君は、笑顔のまま私ににじり寄る。

追い詰められた先は春馬君のベッドだった。私の部屋のベッドはシングルだけど、それよりかなり大きい。

春馬君は大柄だから、これぐらい大きなベッドでないと眠れないのかもしれないが、彼一人にしては大きすぎる気がする。

私の疑問は表情に表れていたらしい。春馬君は、ニマニマと楽しげに口角を上げた。

「このベッドはね、俺と咲良のだから」

「は……ええ⁉」

「そこ、そんなに驚くところ？　夫婦なんだから一緒に寝るだろう？　エッチだってもちろん……」

「ま、待って。えっと、何を言っているのか」

戸惑う私の肩に、春馬君の手が伸びてきた。かと思ったら、私はそのままベッドに押し倒される。

昨夜から、こうして彼に何度迫られただろうか。

何度体験しても慣れるものではないと、今わかった。

(だって、もう、胸が苦しいよ)

ドキドキしすぎて、心臓が壊れてしまいそうだ。試験の前の緊張とか、そういう次元のものじゃない。

顔が熱くなり、涙が出てしまいそうなほど息苦しくて、何故かキュンとしてしまう。

こういう感情を抱いたことは、今までにもある。だけど、そのたび、「どうせ私なんて……」とすぐに心に蓋《ふた》をして忘れようとしていた。

(でも、待って。それって……)

私は自分の中に思い当たる感情を見つけてしまったが、それはないと頭を振る。

出会ってまだ数日。会社の利益のために結婚しようとしている人物に、そんな感情を抱いてはダメだ。

私の動きを不審に思ったのか、春馬君が尋ねた。

「何を考えている？　咲良」

「な、何って……」

そんなの決まっている。この危機的状況をどうやって脱するかだ——と言いたい。

実際は全然違う。でも実は別のことを考えていたとは、口が裂《さ》けても言えない。

「籍は入れなくても、俺たちは夫婦になるんだ。その覚悟はもうできている？」

「で、でも結婚式をして、夫婦のふりをすればいいんでしょ？　それなら……」

「エッチは必要ないって言いたいわけ？」

「そうです！」

　押し倒されている体勢で虚勢《きょせい》を張っても意味はないだろう。だけど、どうにかなってしまいそうな気持ちを立て直すには、それも必要だ。

　しかし、私の試みは無駄になってしまった。彼は人差し指で私の顎《あご》に触れ、クイッと上げる。その仕草は先ほどのキスを連想させた。

　真っ赤になった私を見下ろす彼には、色香が漂《ただよ》っている。

「咲良がどう思っているのか知らないけど、俺はアンタが好きで結婚するんだ。身体を求めて何が悪い？」

「な、何が悪いって……」

「俺はあの見合いの席で言ったはずだ。咲良と恋愛したいって」

「そ、そんなの嘘に決まっているよ」

「どうして嘘だって決め付ける？」

　春馬君の情熱的で、まっすぐすぎる瞳が私の心を乱していく。

　だけど、素直に受け入れることはできない。

大橋ヘルシーとしては、何が何でもアヤ化粧品と業務提携《ていけい》をしたいはず。そのためにも、私をうまく丸め込みたいのだ。

この事情がわかるからこそ、春馬君の言葉が信じられない。

いくら彼の一言一句が気になり、キスに蕩《とろ》けてしまいそうになっても、自分をしっかりと持っていなくては。

「今までの人生、男の人は私に見向きもしなかった。なのに、春馬君みたいに若くて格好いい人が私と恋愛したいって言っても、嘘にしか聞こえないよ」

「咲良」

「私がアヤ叔母《おば》さんの身内だからでしょ？　そうじゃなきゃ私みたいな女に近寄ってくるわけない！」

泣くのを堪《こら》えながら叫ぶ私は、きっと情けない姿だ。見た目も惨《みじ》めだろうけど、心はもっと惨めだった。

ふいに、私の両頬《りょうほお》を大きな手で包み込んで、春馬君が私に顔を近づける。

目が怖い。真剣に怒っている様子の彼に、私は何も言えなくなった。

「それ以上言うな」

「だ、だって」

「周りの男に見る目がなかっただけ。それか、怖《お》じ気《け》づいて近寄れなかっただけだ」

「怖じ気づいたって……」

「咲良のバックにはアヤ化粧品がある。君島社長は業界外でも厳しくて有名な人だから、そんじょそこらの男は咲良に近づけないってわけだ」

アヤ叔母さんが、ビジネスにおいて冷酷さを持ち合わせているのは、私も知っている。だけど、私に恋愛経験がないのは、それだけが理由じゃない。そのことは自分がよくわかっているつもりだ。

仕事なら男の人と対面していても大丈夫なのに、いざプライベートとなると、自分を出せない。緊張してしまってうまく会話ができないのだ。

思い返して俯《うつむ》く私に、春馬君が声をかけた。

「なぁ、咲良。思い出さないか？」

「え？」

「俺の顔を見て、思い出さないかって聞いているんだよ」

「それって、どういう……」

春馬君の言っている意味がわからず、私は彼の目を見つめ返した。だが、答えは浮かばない。

そんな私を見て、春馬君は悲しそうに顔を歪《ゆが》める。

「まぁいい。今から俺を好きになってくれれば、それでいいよ」

「ね、ねぇ！　やっぱり私、どこかで春馬君と会ったことがあるの？」

私の疑問に答えてくれる気はないようで、春馬君は微《かす》かに笑うだけ。

ただ、私の頭をゆっくりと撫《な》でる手つきは、とても大事なものに触れるように丁寧だ。

エッチなことを言っても、意地悪なことをしても。春馬君が私に触れるときは、いつも慎重で優しい。

だからだろうか。抱き締められてもキスをされても、嫌悪感が込み上げてこないのは。

胸の奥がモヤモヤして、自分の感情がよくわからない。

そんなもどかしさを抱きながら、私はもう一度春馬君を見つめる。

私の視線に気が付いたのか。彼は小さく笑った。

「今の俺のことだけ考えて？　それで、好きになって」

「そう言われても気になるよ！」

「別に出会ったときのことはどうでもいい。ただささ、俺は会社のためだけにこの結婚を決めたわけじゃない。それだけはわかってほしい」

「春馬君……？」

「見合いの席で俺のことに気が付いたなら、全部話そうと思っていたんだけどな。全然気が付かないから、ちょっと意地悪してやる」

目を細め、フフッと優しく笑う様《さま》は、どう見ても年下に見えないくらい大人の色香を纏《まと》っている。

「意地悪って、もしかして初対面のフリをしたこと？　それとも、会社のための結婚だということ？」

そう尋ねる私の鼻先に、彼は唇を押し当てる。チュッというリップノイズを残すのも忘れなかった。

顔が一気に熱くなった私に、春馬君は余裕の笑みを浮かべる。

「さあな」

「春馬君！」

彼は楽しくて仕方がなさそうな様子でさらに続ける。

「ってことで。会社のためだけじゃないのは、わかってもらえたか？」

わかったところで、この結婚が破談《はだん》にはならない。

苦い顔をしている私に、春馬君は真面目な顔で言った。

「まだわからない？」

「え？」

「この結婚には、俺の気持ちも含まれているんだ。会社絡《がら》みだけなら、お互いの利益がなくなれば関係解消になる可能性もある。だけど、俺は咲良が好きだから一生離さない」

「は、春馬君？」

細くて形のよい彼の指が、私の唇に優しく触れる。春馬君はそのまま、ふにふにと柔らかさを確認するように指を添《そ》わせた。

「この唇も、身体も、俺のものだから」

「え？」

「籍を入れなくても、咲良は俺の嫁だと言われるようになる。そうしたら俺の全部をあげるから、咲良の全部を俺にちょうだい？」

「ぜ、全部って？」

「んー、そりゃもちろん……」

春馬君がどんなことを言い出すのか、なんとなく予想がつき、彼が言い切る前に手で口を塞《ふさ》いだ。

「むぐ。……何するんだよ」

手を引き剥《は》がして春馬君が抗議するので、私も言い返す。

「だ、だって。春馬君は、すぐに変なことばっかり言うから」

「変なことなんて一言も言わないけど？　ただ俺は、咲良の身体をくまなく食べたいって言おうとしただけなのに」

悪びれもしない春馬君を押しのけて、私は立ち上がった。

「結婚式をしたって、絶対にエッチはしませんから！」

怒り心頭でそう叫び、部屋を飛び出す。

勢いよく閉めた扉の向こうから春馬君の笑い声が聞こえ、私は唇を尖《とが》らせたのだった。

第三章

翌朝。キッチンで朝食を作りつつ、私は独りごちた。

「私って……やっぱり、お人よしかもしれないなぁ」

強引にキスをして、エッチをしようと言ってきた相手に朝ご飯を作っているあたり、絶対にそうだ。

昨夜の出来事を思い出すと、今もなお頭が沸騰《ふっとう》してしまいそうになる。

生まれて初めてしたキスは、心臓が痛いほどドキドキして、気持ちよかった。

(気持ちよかったって！　私ってば何言っちゃっているの？)

恥ずかしくて居たたまれなくなり、私はきゅうりの輪切りを猛スピードでこなしていく。

その殺気めいた包丁さばきに恐れをなしているのは、カウンターに顎《あご》を乗せ、私の動きを見つめている春馬君だ。

「さ、咲良さん……何だか迫力がありますが」

若干引き気味な春馬君を無視して、私は一心不乱に包丁を動かす。

気が付いたら、ボウルいっぱいにきゅうりの輪切りが出来上がっていた。

（こ、これ……どうしよう）

ちょっと悩んでから、何とかかさを減らすために塩を振った。絞《しぼ》ったキュウリは酢《す》の物《もの》にしよう。

私は合わせ酢を作りながら、もう一つの悩みの種について思いをはせる。

それが表情に出ていたらしく、春馬君は私を見て、心配そうに呟《つぶや》いた。

「咲良？」

「え、あ……ううん、何でもない」

私は再び手を動かしつつ重いため息をついた。

悩みというのは、これから向かう会社のことだ。

私は受付勤務でロビーにいるから、営業に向かう社員と顔を合わせる機会が多い。もちろん金沢さんも受付の前を通る。

そのとき、私は何事もなかったみたいに挨拶《あいさつ》ができるだろうか。

もしかしたら、金沢さんが私に何か言ってくるかもしれない。

それに冷静に対処できるか。何度考えてもうまく切り返す自信はなかった。

あと、もう一つ気になっていることがある。昨夜、カンナちゃんに言われたことについてだ。

金沢さんのマンションを出たところでカンナちゃんは大きく息をついて私に言った。

『まさか咲良が、こんな形で結婚を決めるとはな』

『うん……』

『籍は入れないとはいえ、男と一つ屋根の下。世間からは夫婦と見られるぞ?』

『そうだよね』

『会社間の利益のためとはいえ、咲良とは思えぬ思い切りのよさだ。でも、それが答えなんだろうな』

『え? カンナちゃん。それってどういう意味?』

『何となくだけど。咲良の性格からして、これが答えじゃないかと思う』

意味がわからず、何度も聞いてみたが、カンナちゃんは困った様子で笑うのみ。

私は、未だにカンナちゃんの言葉の意味を理解できていない。

(どうしよう……金沢さんのことも、真剣に考えなきゃダメだよね)

とはいえ、春馬君との結婚のことがある。どう考えても、金沢さんからの告白は断るべきだ。

ただ、あれだけ強気の金沢さんに、なんて言えばいいのだろうか。

何を言っても押し切られそうな予感がする。そう思うと心が沈むが、そんな弱気ではダメだ。

うんうん、と自分を励《はげ》まし決意をしていると、至近距離に気配を感じた。

ハッと我に返り後ろを向くと、私を背後から包み込むようにして流しに両手をついている春馬君がいた。背中に彼の体温を感じて胸が高鳴ってしまう。

「は、春馬君⁉」

「咲良、何を考えていた？」

「な、何って……？　べ、別に何でもないですよ」

「いいや、俺の予想だと――」

フッと耳元に息を吹きかけられ、私は慌てて自分の耳を押さえた。続けて手の甲に唇を寄せられて、肩をビクンと震わせる。

その反応が楽しいのか、春馬君はもう一度チュッと手の甲にキスをしてきた。そして、言葉を続ける。

「男、とか？」

言葉をなくす私を見て、春馬君は私の耳元で不機嫌そうに囁《ささや》いた。

「咲良に色目を使ってくる男がいるのか？」

「い、色目って……」

流しに手をついていた春馬君の手は、いつの間にか私の腰を抱いている。

密着したこの体勢だと彼の色っぽい声が間近で聞こえ、目眩《めまい》を起こしてしまいそうだ。

「ダメだからな、咲良」

「え？」

「絶対、咲良を他の男に渡さない」

耳に残る低い声には迫力があった。また、どこか嫉妬《しっと》めいた感情が見え隠れしているように思う。

自分のことを大事にしてもらっているみたいに感じ、私の胸は苦しいほどドキドキしていた。

でも、勘違いしてはダメだ。昨日はああ言っていたけれど、春馬君が私を本当に好きかどうかなんて、結局わからないのだから。

いつまでも考え込んでいても仕方がない。私は準備を続けるために春馬君に声をかける。

「えっと、春馬君」

「何？　今、咲良を堪能《たんのう》しているところだから邪魔しないで」

「じゃ、邪魔って。それに堪能しなくて結構です」

「それはそっちの意見だろう？　俺には今、咲良が必要なの」

強く言い切られてしまうと、止めようとする私が悪いみたいじゃないか。

一瞬動きを止めた私の頬《ほお》に、春馬君の頬が重なる。

「咲良のほっぺ、すべすべだね。こんなにキレイなんだから化粧しなくたっていいのに」

「社会人の身だしなみとして必要かと。ちょっとどいてください」

「咲良は受付嬢だもんね。ある程度は仕方ないか。それにアヤ化粧品の姪《めい》っ子なわけだしね。自分のところの化粧品を使わないわけにもいかないもんなぁ」

春馬君は納得しながら頷《うなず》いている。だが、離れようとする気配はない。私は彼の腕の中から強引に飛び出した。

「ちょ、ちょっと。春馬君。いい加減にしてください」

「ああ、もっと咲良を堪能したかったのに」

「茶化さないでください！」

「茶化す？　何を言っているの。俺は至《いた》って真剣だよ。咲良の身体、もっと堪能したかった」

「なっ！」

「足りない。全然足りない。もっと堪能したい」

真剣な顔で迫られ、私は後ずさる。すると、壁に背中がぶつかり逃げ道を塞《ふさ》がれてしまった。

驚きのあまり、ワナワナと動く唇から、拒否の言葉が出てこない。

私の頭上で彼の腕がトンと壁についた。これでは、ますます身動きがとれなくなってしまう。

「言っただろう？　俺は咲良と恋愛したいって。今まで我慢していた俺を褒《ほ》めてほしいぐらいだ」

「春馬君！」

「ってことで、エネルギー補給させて」

「ま、待って！」

身体中がカァッと熱くなってしまい、次の動作に移るのが遅れた。

私はまんまと春馬君の腕の中に閉じ込められて、激しいキスを受ける。

「っふ……んんっ」

悩ましく甘い声。それが自分の声なのだと気が付いたら、それだけでまた身体中が熱くなった。

抵抗せずに春馬君のキスを受ける私。今までの人生で、こんなふうに男の人に欲しがられることなんてなかった。

だから、きっとどうやって抵抗していいのかわかっていないのだ。

（そうであってほしい……！）

彼からのキスが欲しいから。そんな理由で拒《こば》めないわけじゃない……たぶん。

朝の忙しい時間だというのに、私は春馬君の熱すぎるキスに翻弄《ほんろう》されてしまった。

＊＊＊

そんなふうに春馬君に振り回される中、一週間が経《た》った。

「カンナちゃん、今日もダメだった」

「金沢さんも粘《ねば》り強《づよ》いな」

昼休みに入り、私はカンナちゃんと会社の屋上へ来ている。

ベンチに座った私は、自販機で買ったカフェオレに口を付け、ため息をつく。

十月下旬に入ったけれど日中は日差しも強く、汗ばむ日も多かった。それでも、時折頬《ほお》を掠《かす》める風は涼《すず》しい。

着実に秋が深まりつつあるなぁ、と鰯雲《いわしぐも》を眺めながら現実逃避をしてしまいたくなる。

一週間前、衝撃的な告白をしてきた金沢さんだが、あれから何度真剣に断っても受け入れてくれない。

『すみません、金沢さん。私は結婚式をしないわけにはいきません。金沢さんのお気持ちは嬉しいのですが、これからも先輩と後輩という間柄でいてほしいです』

『それは無理な相談だな。俺は君島が好きだと言っただろう？』

毎回こんな攻防を続けるのにも、ほとほと参ってしまった。

しかも、金沢さんはそのたびに真剣な顔をして、こう締めくくるのだ。

『君島が幸せな結婚をするというのなら俺は身を引く。だけど、そうじゃないとわかっていて引き下がれると思うか？』

そう言われてしまうと、私はそれ以上何も言えなくなってしまう。

金沢さんの言う通り、これは幸せな普通の結婚とはかけ離れている。心から望んでするわけではないし、何もかも私が知らないところで進められていた。

金沢さんじゃなくても、この状況を聞けば心配するだろう。

私自身ですらどこか他人事のように思っている。けれど、実感はなくとも時間はあっという間に過ぎて、着々と結婚式当日が近づいていた。

カンナちゃんはペットボトルのお茶を飲んだあと、私の顔を覗《のぞ》き込む。

「叔母《おば》さんには話をしたのか？」

「うん……」

その質問に、私はこの間のアヤ叔母さんとの電話を思い出した。

色々な出来事に追われて、すっかりアヤ叔母さんに連絡を取り忘れていたが、先日やっと抗議の電話をしたのだ。

知らない間に勝手に引っ越したことなどに文句を言ったものの、全然こたえた様子はなかった。

それどころか、どこで手に入れたのか、金沢さんとの情報もキャッチしていたアヤ叔母さんは、電話口でそれはそれは楽しそうに笑っていた。

『咲良ってば、ここにきてモテ期に突入じゃなぁい？　会社の先輩だったっけ？　彼と逃避行しちゃうっていうのも映画みたいね！　うーん、若いっていいわぁ』

アヤ化粧品と大橋ヘルシー、両企業の利益になる政略結婚だということを忘れているようで、頭が痛くなったものだ。

『アヤ叔母さんが結婚の話を私に押し付けてきたんでしょう？　それなのに何でそんなふうに言うの？　その上、私に相談もなく突然引っ越ししちゃうなんてひどい！』

怒りで声を張り上げた私に、叔母さんは意味深に鼻を鳴らした。

『怒っている割には、抗議の電話が遅かったじゃない？』

『うっ……い、忙しくて』

『ふーん、忙しいねぇ。人ってよっぽど怒っていたり困っていたりしたら、その場で電話ぐらいしてくるものじゃないかしら？』

図星をつかれて何も言えない私に、アヤ叔母さんは再び鼻を鳴らした。

『同棲《どうせい》生活、結構楽しんでいるんじゃない？　だから言ったでしょ？　私の目に狂いはないわ』

『叔母さん！』

『彼の根性と執念《しゅうねん》、本当に凄《すご》いから。しかも一途《いちず》だしね。咲良なんてひとたまりもないわよ』

『っ！』

『咲良がいつ春馬君に落ちるのか。見物《みもの》ね』

アヤ叔母《おば》さんはオホホホと高笑いをして、私の言葉を待たずに電話を切ってしまった。

そのあと何度電話してもアヤ叔母さんの秘書に繋《つな》がるだけで、本人とは全く連絡がつかずにいる。

「――で、結局アヤ叔母さんを捕まえることにも失敗しています」

私の説明を聞き終えたカンナちゃんは、じっとこちらを見つめた。

「難儀だな、咲良。でも……なぁ」

「え？」

真剣な表情で接近してきた彼女が、指先でピンと私のおでこをつついた。

驚いた私の顔を見て、カンナちゃんはフッと表情を緩《ゆる》める。

美人さんは、どんな表情でも美しい。同じ女性なのに、思わずドキドキしてしまう。

そう考えていたら、カンナちゃんが言った。

「私も叔母さんと同意見だな。婿さまとの生活、楽しんでいるみたいだし」

「え？　何を言っているの、カンナちゃん」

納得がいかなくて唇を尖《とが》らせていると、カンナちゃんはキレイな黒髪をゆっくりと揺らして笑った。

「婿さまの愚痴《ぐち》を言わないのは、今の生活に満足しているということだろう？」

その言葉にハッとした私を見て、カンナちゃんはフフンと得意げにする。

「ほら見ろ。やっぱり咲良の中では答えが出ているんだよ」

「それ、カンナちゃんこの間も言っていたよね？　どういう意味？」

「どういう意味もこういう意味もない、そのままだ。咲良を見ていればわかる。だから私は、結婚式には喜んで出席するぞ？」

ウーンと声を上げながら伸びをするカンナちゃんを、私は恨《うら》みがましい目で見つめた。

「カンナちゃんはわかっているみたいだけど、私にはさっぱりわからないよ？」

「咲良だからな。仕方がない」

「それってどういうこと？」

「咲良は鈍感だからな。諦めろ」

カンナちゃん、と睨《にら》み付けると、彼女は豪快にガハハと笑い飛ばした。

「まぁ、そんなに怒りなさんな。大丈夫、咲良は気が付いていないだけで、答えはとっくの昔に出ているから」

「だから、それがわからないんだよ」

「今はわからなくてもいいんじゃないか？　答えと結果はあとからついてくるものだ」

何かの名言めいたことを呟《つぶや》いたあと、カンナちゃんはスマホを取り出して時間を確認し始める。

「悪い。午後一で会議なんだ」

それだけ言うと、彼女は私を置いて風のように去ってしまった。

「もう、カンナちゃんの意地悪」

カンナちゃんのことだから、答えは自分で見つけ出さなければ意味がないと言いたいのだろう。

それについては充分理解しているが、ヒントぐらいくれてもいいのに。

（そうだ。今日は絶対に定時で上がらなきゃいけなかったよね）

ふと思い出した私はスマホを取り出し、スケジュールを確認する。夜七時から式場で結婚式の衣装合わせだったはずだ。

今朝、家を出るとき春馬君に念を押されたから覚えている。結婚自体にはまだ思うところがあるけれど、あの式場を見られるのは楽しみだ。

『咲良。今日は時間厳守だからな。そういえば外で待ち合わせは初めてじゃないか？　楽しみだな』

そう言って甘い笑みを浮かべていた春馬君を思い出し、何故かポッと顔が熱くなる。

挙動不審になる姿が人目につかないように、私は慌ててその場をあとにした。

＊＊＊

それから仕事を早めに終わらせた私は、はやる気持ちを抑えながら式場までやって来た。

時間は夜七時少し前。あたりはすでに暗く、式場のガーデンはイルミネーションで彩《いろど》られていた。

「わぁ、キレイ」

木々の枝にらせん状に付けられたＬＥＤは宝石みたいに色とりどりの光を発しているし、噴水《ふんすい》の水は照明の効果でキラキラと輝いて見える。

以前、友人の結婚式でも訪れたが、やっぱり物語の中に飛び込んだのかと錯覚《さっかく》してしまうほどに幻想的な景色だ。

ここで来月結婚式をするのか、とジワジワと実感が湧《わ》いてきた。

籍を入れないとはいえ、世間にお披露目《ひろめ》することに違いはない。

アヤ叔母《おば》さんと、旦那さまになる春馬君から何度も結婚のことを言われてきたが、どこか他人事のような気持ちだった。

しかし、こうして式場に来てみると実感する。

主役としてこの結婚式場に立つ日が、もうすぐ来るのだ。

周囲をグルリと見回す。すると、チャペルが見えた。

先日、「教会式はイヤだ。神前式がいい」と訴えた私に、春馬君は考え直してくれると言ったのだが、「やっぱり教会式にする」と勝手に決断されてしまったのだ。

「話が違う」と抗議したが、いつものようにやんわりとかわされてしまった。

彼を説得できる気は全くしないので、私はもう諦めている。

結局は、あのチャペルで真っ白なウェディングドレスを着ることになるのだろう。

ドキドキしてきた胸のあたりをギュッと握りしめ、私はロビーへ足を運ぶ。

平日の夜。式をやっているカップルはいないようで人が少ない。

今ここにいるのは、結婚式場のスタッフと、私と同様にこの式場で式を挙げる予定の人たちぐらいだろうか。

すれ違うカップルたちは皆幸せそうで、ほほ笑ましい。

腕を組んで笑い合うカップルたちの姿を、私は思わず自分に置き換えてしまった。

フロックコートを着た春馬君に、真っ白なウェディングドレスを纏《まと》った私。

私達が腕を組んで歩くと、列席者たちから祝福の拍手が鳴り響く。

そこまで考えた私は、はっとした。まさか自分が結婚式を挙げるなんて夢にも思っていなかったのに、それが今では妄想が脳裏《のうり》を駆け巡るほどになるなんて。

（何か私、浮かれちゃっていない？）

真っ赤になっているはずの頬《ほお》を、慌てて手で隠す。それでも、ますます熱くなる頬をどうすることもできず、頭を振った。

これは政略結婚。愛情はない。つい最近出会ったばかりの男女が、会社の利益のために結婚のまねごとをするだけ。

私を好きだという春馬君の言葉を信じちゃダメだ。アヤ化粧品と大橋ヘルシーとの提《てい》携《けい》のために言っているだけ。そうに決まっている。だから浮かれていてはダメ。

私は大きく息を吸い、長い時間をかけてふぅーと吐き出した。

約束の時間はもうすぐだ。こんなことをしている場合じゃない。

とりあえず受付へ行き、どこへ行けばいいのか聞かなくては。

キョロキョロとあたりを見回して受付を探していると、ある光景が目に飛び込んできた。

（ど、どういうこと……？）

私は慌てて観葉植物の陰に隠れ、様子を探るために神経を研《と》ぎ澄《す》ます。

ついさっきまでは自身の結婚式を想像して胸をドキドキさせていたが、今は違う理由で胸が苦しい。

息をひそめながら、私は先ほど見つけた人物たちに視線を向けた。

少し離れた場所にカフェテリアが設置されている。

そのテーブルの一つに、私が知っている顔があった。春馬君だ。

彼は一人ではなかった。しかも、春馬君と一緒にいる女性は、どう見てもこの式場のスタッフではない。

彼女は式場スタッフのユニフォームとなっている黒のパンツスーツではなく、淡《あわ》いクリーム色のスーツに身を包んでいる。軽く茶色にカラーリングされた髪は毛先が緩《ゆる》くカールしていて、彼女が笑うたびにキレイに揺れた。

横顔はとても可愛らしい。ほんわかとした雰囲気は、いかにも守ってあげたくなる女の人という印象を受けた。

（や、やだ。どうしてこんなに苦しいの？）

今までの人生で、これほど胸が痛くなったことがあるだろうか。

わけがわからない感情が身体中を蝕《むしば》んでいく。

我慢していないと、涙が零《こぼ》れてきそうだ。

私は唇をギュッと噛《か》みしめ、お似合いの二人を遠目に見つめる。

途中、ふと我に返り、どうして自分が隠れなければならないのかと疑問を感じた。

私は今日、自身が挙げる結婚式の打ち合わせをするために、ここに来ているのだ。

あの女性は春馬君の知り合いなのかもしれないが、春馬君の隣に行くべきは私のはず。

私はそう自分を勇気づけ、一歩を踏み出そうとした。だが、ショーウインドウに映った自分を見て足が止まる。

春馬君の隣にいる彼女と比べ、私は何て見栄《みば》えがしないのだろう。

アヤ化粧品社長の姪《めい》だとはとても思えない、テクニックも何もないメイク。

服は、何年も前から着ている仕事用のスーツだ。

靴だって、いつ買ったのか覚えていないほど古いもの。気に入っているとはいえ、流行遅れなのは否《いな》めない。

（私、もの凄《すご》く場違いじゃないかな）

一度そう考えてしまうと、居たたまれなくなった。

春馬君は和風美青年だ。周りの人間もそう思っているだろう。

そんな彼の隣に立つには、とても勇気がいる。

自分が不釣り合いだと気が付いてしまい、声をかけるのを躊躇《ためら》ってしまう。

「お客様？」

結婚式場のスタッフに声をかけられたが、私は返事をすることなく無我夢中《むがむちゅう》で建物の外に出た。

全力疾走をしたのはいつぶりだろうか。

案の定、途中で足がもつれて外灯にしがみつく。せめて往来の真ん中で転ばなくてよかった。

呼吸が乱れてしまって、ゴホゴホと咳《せ》き込む。

大きく息を吸い、呼吸を落ち着かせたが、私の心は異常なほどの不安に駆られたままだ。

「わ、私……」

咄嗟《とっさ》に出てきた感情は、思わず顔を覆《おお》いたくなるものだった。

「私。春馬君のこと、好きなのかな」

口に出したら、また恥ずかしくなった。だが、すぐに先ほどの光景を思い出し、胸が苦しくなる。

春馬君の隣にいた清楚《せいそ》な女性を見た瞬間、私の心の中にドロドロとした感情が渦巻《うずま》いた。

そして、一度はちゃんと彼のところへ行こうとしたのに、結局逃げたのだ。

春馬君に見つかりませんように。キレイなあの女性に、逃げる私を見られませんように。何度願いながら走っただろう。

こんなモヤモヤした思いを抱いたのは、生まれて初めてかもしれない。

今まで恋愛に縁がなかった私は、どこかで諦めていたし、努力さえもしなかった。

そのツケを今、こうして払わされている。

（あの人は誰？　春馬君の知り合い？）

聞きたいけど、聞けない。ズクズクと胸が痛み、目にはうっすらと涙まで浮かんできてしまった。

「どうしよう……」

君島咲良、二十九歳。この年にして初めての恋に、戸惑いと不安で揺れております。

＊　＊　＊

「――で。逃げ出してきた、と」

「そ、その通りです」

春馬君と謎の美女のツーショットに恐れをなした私が逃げ込んだ先は、カンナちゃんのお宅だった。

先ほどからスマホに、春馬君からメールや着信が入っている。それを知っていて、私は無視を続けていた。

連絡を入れてくれた人に返事をしないなんて、今までしたことがない。

だけど、どうしてもスマホを見る気が起きなかった。

無視を続けることへの心苦しさで、何度もスマホに頭を下げている。

もちろん、悪いとは思っているのだ。

しかし、気持ちが落ち着くまでは、春馬君と電話もメールもまともにできる気がしない。

鳴り続いていた着信音が再び止まり、部屋の中はシーンと静まり返った。

まだ電話に出ようとしない私を見て、カンナちゃんは小さく嘆息《たんそく》する。そして、ゆず茶が入ったマグカップを私に差し出した。

「まずはこれを飲め。女は身体を冷やしてはいけないんだぞ」

「うん、ありがとう」

ゆず茶にふぅふぅと息を吹きかけ冷ましていると、カンナちゃんはニマニマと意味深な笑みを浮かべた。

「まずは、おめでとう」

「おめでとうって？」

「鈍感な咲良が、自分は恋をしていると気が付いた。これは赤飯ものだぞ」

「カンナちゃん」

悔しくてギロリと睨《にら》み付けたが、カンナちゃんはいつものようにガハハと笑った。

「まぁまぁ、そう怒りなさんな」

「だって！」

「だから私はずっと言っていただろう？　すでに咲良の中で答えは出ているとな」

黙りこくる私を見て、カンナちゃんは優しげに目を細める。

確かに、カンナちゃんはずっと謎解きのようなことを言い続けていた。

その答えを教えてもらえなくてヤキモキしたのは、一度や二度ではない。

「どうしよう、カンナちゃん」

「何が？」

ほわほわとした白い湯気《ゆげ》が立ち上《のぼ》るゆず茶をスプーンでかき混ぜながら、カンナちゃんは不思議そうに首を傾《かし》げた。

私は不安で苦しいのを誤魔化《ごまか》すように、マグカップを持つ手にギュッと力を入れた。

「この結婚は政略結婚だよ？　カンナちゃんが前に言った通り、嘘つきの結婚だもの」

「咲良」

「一方通行の恋なのに、どうしたらいいの？　アヤ化粧品がバックになければ、私なんて捨てられちゃうんだよ」

春馬君は私に甘い言葉やキスをくれるけれど、そのどれもが結婚を破棄《はき》されないための策だと思う。

私と恋愛がしたいとか、以前から面識があるとか言われたが、どこまで本当なのかわからない。

春馬君がくれる言葉やキス、ハグ。そのどれもが嘘で重ね塗りされたものだったら……

そう考えると切なくてたまらない。

春馬君のことが好きだと気が付かなければよかった。

そうすれば『嘘つき結婚』の演技ができただろう。

しかし、もうそれも難しい。自他共に認める鈍感な私が、こんなときだけ自分の気持ちに気が付くなんて。

すでに失恋が決定している恋なのに、その相手と偽《いつわ》りの結婚式をしなければならない。

私は、春馬君の隣で幸せな顔をすることができるだろうか。

悲しみと不安が、私の身に一気に押し寄せてくる。

息苦しくなってきて、私は慌ててゆず茶を飲んだ。

泣き出してしまいそうな私に、カンナちゃんは小さく唸《うな》った。

「それも、咲良お得意の勘違いじゃないか？」

「か、勘違いって……別に得意じゃないよ」

慌てて異議を申し立てる私に、カンナちゃんは豪快に笑う。

「専売特許じゃないか。鈍感と勘違いは」

「ひどい、カンナちゃん」

確かにその通りだが、そんなにはっきり言わなくてもいいじゃないか。

拗《す》ねて文句を言う私に、カンナちゃんは困ったように肩を竦《すく》めた。

「咲良の話からして、婿さまはお前を無下《むげ》にしないと思うぞ？　とにかく、咲良が今やらなければならないのは、相手に無事であることを告《つ》げることじゃないか？」

机の上で、再びスマホが鳴り響き出した。

それを恐る恐る手に取りディスプレイを見れば、やっぱり春馬君からの電話だ。

その途端動きを止める私に、カンナちゃんは大きくため息をつく。

「なぁ、咲良。今までアヤ化粧品がバックにあることで、辛い思いをしてきたかもしれない。だからといって、何もかも疑ってかかっていないか？」

「カンナちゃん」

「今までの人生、そのバックを見て咲良に近づく輩《やから》は多かったはずだ。そのせいで咲良は疑い深くなった」

カンナちゃんが言っていることは正しい。

両親が死んでしまい、一人残された私はアヤ叔母《おば》さんに助けてもらった。

そのことについては感謝してもしきれない。だけど、それと引き替えに辛い思いもしてきた。

アヤ化粧品の威光《いこう》に目がくらみ、私に取り入ろうとする人たちもたくさんいたからだ。

コクンと頷《うなず》くと、カンナちゃんはヨシヨシと私の頭を撫《な》でてくれた。

伝わる温もりはとても優しい。カンナちゃんの人柄を感じて、また涙が零《こぼ》れてしまいそうになる。

「疑い深くて男と付き合うことができなかった咲良が、この一週間、ほとんど初対面の男と暮らしているんだぞ？　それを聞いて私はすぐに思ったよ。彼は咲良の唯一の男になるんだろうって」

「カンナちゃん」

「私は婿さまと会って話したことはないから、何とも言えないけどな。ただ、咲良は婿さまといることに拒否反応を示していない。それが答えだと思ったんだ」

「うん」

「言っただろう？　愚痴《ぐち》が出てこないのは、満足してるってことだってな。婿さまとの生活は、咲良にとってすでに大切なものになっているんじゃないか？」

なっている。大切なものになっているよ。

春馬君との生活はドキドキの連続だ。でも、男の人と二人きりの環境で普通に話ができたし、キスをされてもイヤだと思わなかった。

それが答えなのかもしれない。私はそう考えながら、自分の思いを口にした。

「私、春馬君が好き。ずっと傍《そば》にいたいって思う」

「それなら嘘つきの結婚を本当の結婚にしてしまえ。今の咲良ならできると思うぞ」

「できるかな……」

縋《すが》るようにカンナちゃんを見つめると、カンナちゃんは満面の笑みで大きく頷いた。

「婿さまと出会ってからの咲良は可愛くなった。人は恋をすると、これほど変わるものなんだな」

「まだ変わってないよ。だから私、変わりたい。春馬君の傍にずっといられるぐらいの強さが欲しい」

「それなら、まずは婿さまと話をしなくちゃな。どうもお前たちはすれ違いをしているように見えるぞ。ほら、早く電話してやれ」

カンナちゃんは、いつの間にか静かになっていたスマホを指さした。

「うん」

小さく頷いた私は、緊張している心をほぐすために息を吐き出す。そして、決意と覚悟を持って春馬君に電話をした。

「もしもし、春馬君？」

『咲良、どうした？　何かあったのか⁉』

電話が繋《つな》がってすぐに、ごめんなさいと謝ろうとしたのだが、彼の勢いに圧倒されてしまった。

「あ、あのね――」

『今、会社か？　仕事でミスして上司から説教を受けていたのか？』

「は、春馬く――」

まくし立てるように話す春馬君を何とか止めようとするけど、彼の勢いは止まらない。

私から話をしなくてはいけないことがたくさんある。式場に足を運んだこと、そこで春馬君とキレイな女性が楽しげに話し込んでいた現場に遭遇《そうぐう》したこと、嫉妬《しっと》して逃げ出したこと。すべてを話すつもりで覚悟を決めていた。

私が本気で春馬君を好きになったと聞いたら、彼はどうするだろう。

この調子でいけば楽勝で嘘つきの結婚生活が送れると喜ぶか。それとも私のことを〝重い女〟だと思い、恐れをなして結婚を解消しようと言ってくるか。

色々考えると怖いが、とにかく前に進まなければ始まらない。そう考えていることに、自分でも驚いてしまう。

これほど前向きに行動しようとしたことが、今までにあっただろうか。

私が考え込んで黙っている間も、春馬君はまくし立てている。

『わかった！　急に腹の調子が悪くなってトイレから出られなくなったんだろう？』

彼の意外な言葉に、私は絶句した。

『昨日、薄着でいたからだ。夜はだいぶ冷え込んできているんだし、温かくしろって言っただろう？　俺が抱き締めて寝てやるって言ったのに、拒否するからだぞ』

「……」

『咲良？』

「う、うん。そ、そうなの」

心配そうに呟《つぶや》く春馬君の声を聞いていたら、私は同意してしまった。

つい楽な方向に逃げる自分に、落胆する。

『今、どこにいる？』

「えっと、会社を出ようと思っていたところ。ごめんね、式の打ち合わせがあったのに連絡もしなくて」

ガックリと項垂《うなだ》れながらも、嘘の上塗《うわぬ》りをしてしまう。

『いいんだ。それより今から迎えに行く』

「その……。春馬君はまだ式場にいるの？」

『いや。今日のことを咲良が忘れていたなら帰っているのかもと思って、マンションに戻ったんだ。今日の衣装合わせは中止にした。それより今は咲良の身体の方が大事だ』

ズキズキと胸が痛む。

今ならまだ引き返せる。すぐに本当のことを言わなくちゃ。

そう思っているのに、何も言えないままだ。

困り果ててカンナちゃんに視線を向けると、彼女もガックリと項垂《うなだ》れている。

(そうだよね。私だって自分自身にガッカリだ)

春馬君の反応が怖くて、まだ好きだと告白をしたくない。あのおしとやかな女性に嫉《しっ》妬《と》したと悟られたくない——

そんな感情が、私の中に存在している。

恋をすると変わる。世間一般ではよく言われることだ。

それはキレイになった、明るくなった、優しくなったというような、プラスの変化が多いだろう。

しかし、臆病《おくびょう》になったりうじうじしたりと、ネガティブなものもあるらしい。私の場合、間違いなく後者だ。

落ち込んでいたら、春馬君が言葉を続けた。

『会社の中で待っていて。外はダメだぞ。ますます体調が悪くなる』

「えっと、その。わ、私これからタクシーに乗って帰るから大丈夫だよ」

タクシー？　と怪訝《けげん》そうな声が返ってきた。

私は会社ではなく、カンナちゃんのお宅にお邪魔しているのだ。

会社に春馬君が向かったら、私が嘘をついていたとばれてしまう。

しかし、ここまできたら何が何でも嘘を突き通さなければならない。彼に嫌われたくないし、落胆させたくない。

「うん。さっき会社に来てもらうように手配しちゃったの。だから大丈夫」

『そうか、わかった』

「今日は本当にゴメンなさい。何度も連絡してくれていたのに……」

春馬君には見えないのに、心苦しくて頭をペコペコと下げた。

ドタキャンについてだけではなく、嘘ばかりついていることが申し訳なくて、何度も謝って頭を下げる。すると、春馬君は優しい声音で囁《ささや》いた。

『いいんだ。咲良が無事だったなら、それだけでいい』

「春馬くん……」

『とにかく俺は家で待っているから。あとで、な』

うん、と私が返事をすると、そのまま電話は切れた。

私はスマホを持っていた左手を、力なくズルズルと下ろす。

そしてクッションの上にポトンと落ちたスマホを拾う気力もなく、ガックリと肩を落とした。

そんな私を見て、カンナちゃんは「バカ」と呟《つぶや》いたあと、天井を仰《あお》いだ。

「とにかく、だ。咲良はきちんと婿さまと話をした方がいい」

「うん……」

「お前の専売特許は鈍感と勘違い。それだけは忘れない方がいいぞ」

ますます落ち込む私に、カンナちゃんは最後の一押しも忘れなかった。

「ああ、それと臆病《おくびょう》だっていうのも付け加えた方がいいな」

うんうんと頷《うなず》くカンナちゃんを見て、とどめを刺された気分だ。

だが、いつまでもカンナちゃんのお宅にいるわけにもいかない。

私は慌ててタクシーを呼び、それに飛び乗り自宅へ向かう。

流れる景色をボーッと眺めながら、先ほどまでのカンナちゃんとのやりとりや、今日あったことを思い出す。

考えれば考えるほど落ち込み、罪悪感で息苦しくなってしまう。やがて、タクシーのドライバーが声をかけてきた。

「お客さん、着きましたよ？」

「え？」

カンナちゃんのお宅から私の自宅まで、三十分はかかるはずだ。

さすがにそれほど経《た》っていないだろうと思ったのだが、タクシーに設置されていた時計を見て目を見開いた。ひたすら悩んでいる間に、しっかりと時間は過ぎていたらしい。

窓の外を見れば、私が住むマンションが見える。

見慣れた風景だが、今は春馬君と会うことに戸惑いがあるため、ホッとした気持ちにはなれない。

会計を済ませて降りると、タクシーはそのまま走り出し暗闇に消えていった。

とにかく、こんなところで突っ立っているわけにもいかない。

私は大きく息を吸い込み、ゆっくりと吐き出す。

緊張しているからだろう、先ほどから手先が冷たくなっている。

こんな事態になってしまった以上、とりあえず今日ついてしまった嘘は、春馬君に悟られないようにしなくてはならない。

これも難題だが、私にはもう一つ、とてつもなく高いハードルがある。

（私、春馬君の前で、平常心でいられるかな？）

彼が好きだと自覚してしまった以上、今までのような生活ができるとはとても思えない。

私が覚悟を決めて彼に告白するのが先か、挙動不審になり、春馬君に気持ちが伝わってしまうのが先か。

「帰りづらい……」

マンションのエントランスに入り、自宅へ向かいつつ、私は呟《つぶや》いた。すべて自分が招いた結果だとはいえ、嘘の重《かさ》ね塗《ぬ》りで正直心が痛い。

慣れないことをしたせいで、私は疲労困憊《ひろうこんぱい》だ。

しかし、部屋に入らないわけにもいかない。半ば諦めながらドアノブに手をかける。

「ただいま」

そっと玄関の扉を開くと、春馬君が慌ててリビングから飛び出してきた。

彼は私の顔を見るなり心底ホッとした表情を浮かべ、こちらに手を伸ばす。

「キャッ！」

私は腕を強引に掴《つか》まれ、そのまま春馬君の腕の中に引き寄せられた。

ギュウギュウと力強く私を抱き締める彼は、どこか余裕がないように見える。

「春馬君？」

「……」

「春馬君、ちょっと痛いよ？」

「……」

「春馬君ってば」

私の問いかけには答えず、春馬君は私を抱き締め続けている。

じんわりと彼の温もりが伝わってきて、胸がドキドキとうるさいぐらいだ。

春馬君にこうして抱き締められてもイヤな感じはしない。それどころか、もっと触れてほしいと願ってしまう。

彼への想いが募《つの》るほど、この気持ちは強いものになるのだろうか。

今までとは違う感情を抱きながら、私は春馬君の熱を感じた。しばらくして、彼がようやく口を開く。

「ホッとした」

「え？」

「うん。咲良が無事にうちに帰ってきたから」

「春馬君？」

「俺の前から消えちゃったらどうしようと思った」

困ったように笑う春馬君を見て、罪悪感で押し潰《つぶ》されそうになった。

「咲良をもう一度探すなんて、気が遠くなることしたくない」

「え？」

「お前がいない生活は考えたくもない」

春馬君は私をギュッと抱き締め直し、大きく息をはく。

私はタクシーを降りた時点で、諸々《もろもろ》の嘘が春馬君にばれないようにしなければと決意していた。

だけど、やっぱりダメだ。こんなのダメに決まっている。

春馬君は私のことを心配してくれていて、こうして家に帰ってきたことを喜んでくれた。

そんな相手に、私はとんでもない嘘をついた上に、それを隠そうとしていたなんて。

ごめんね。嘘ついちゃってごめんなさい。そう告《つ》げるつもりだった。だけど――

胸が詰まって言葉にならない。涙が止まることなく私の頬《ほお》を濡《ぬ》らしていく。

「さ、咲良？　どうした？　まだ腹が痛いのか」

「ち、ちがっ」

否定しようとするけれど、嗚咽《おえつ》が漏《も》れてしまい、それ以上話せない。

思っていることを一ミリも言葉にできないもどかしさに、また涙が流れていく。

肩を震わせヒクヒクと泣きじゃくる私を、春馬君は慌てて宥《なだ》めた。

「咲良、身体が冷たい。ほら、指先も冷たくなっている」

「っう……ふっ……」

「おいで、咲良。温めてやるから」

春馬君は私を抱き上げ、〝私たちの寝室〟だと春馬君が言う部屋へ向かう。

そして、大きなベッドに私を横たえ、フカフカの布団をかけてくれた。

ここは、毎日春馬君が眠っているベッドだ。

以前このベッドに連れ込まれ、エッチなことを言われてからかわれたが、こうしてゆっくり布団に包まれたのは初めてだ。かすかに春馬君の香りがする。こうしていると、彼が抱き締めてくれているような感じがして安心できた。

だが、安心していられたのはここまでだった。布団の中にごそごそと春馬君も入ってきたからだ。慌てる私を、彼は背後からギュッと抱き締める。

「どう？　温かくなった？」

温かくなるどころか、身体中の血液が沸騰《ふっとう》したんじゃないかと思うほどに熱い。

耳元にかかる春馬君の吐息や、包み込むみたいにふんわりと私を抱き締める腕。

彼のすべてにドキドキしてしまい、いつの間にか涙が止まっていた。

「涙も止まった？」

「うん」

素直に頷《うなず》く私の耳に、春馬君はチュッと音を立ててキスをした。彼の唇が触れた耳は異様に熱を帯びる。

「あ、耳が真っ赤になった」

「だ、誰がそうさせたと思っているの？」

「俺かな？」

私は、「そうだよ」と消えそうな声で答えた。

こうして春馬君に抱き締められ、キスをされたことは今までにも何度かあった。

だけど、彼が好きだと自覚してから、そのキスの威力は半端ない。

どうしよう、嬉しくてもっとしてほしいと願ってしまう。

そんな感情さえもムクムクと現れるのだから、困ったものだ。

「あのね、春馬君」

「何だ？　咲良。少しは落ち着いたか」

やっと嗚咽《おえつ》も止まり、ちょっとだけ冷静になれた私は、今日のことを話そうと覚悟を決めた。

ただ、本心は話さない。それぐらいなら許してもらえるはずだ。

「ごめんね、春馬君。体調は大丈夫だよ」

「ならよかった」

「えっとね。あの、本当はね」

好き。凄《すご》く好き。だけど、伝えない。

この関係を続けるためにも、彼に好きだという言葉を言ってはダメだ。

「どうした？　咲良」

「あのね、春馬君」

ごめんなさいと謝罪の言葉を言おうとした、その瞬間。ピンポーンというチャイムの音が鳴り響く。

時計を見れば、夜の十時になっていた。こんな時間に訪れる人は思い当たらない。

だが、春馬君には心当たりがあったようだ。

「咲良が帰ってきたこと、連絡するのを忘れていた！」

「え？」

春馬君は突然布団を蹴《け》り、慌てて部屋を飛び出して行ってしまった。

私はあ然とその後ろ姿を見送ったが、すぐに起き上がり玄関へ向かう。

そこにいた人物を見て、私は声を失った。

春馬君にキレイな笑顔を向けているのは、結婚式場で彼と楽しげにしゃべっていた女性だった。

フワフワしていて、守ってあげたくなるほどのか弱さ。しかし、その中に凛《りん》としたものも垣間《かいま》見《み》ることができる、清楚《せいそ》なお嬢様だった。

彼女はほほ笑みつつ春馬君と話している。

「よかったですわ。咲良さんがご無事で」

「はい、ありがとうございます。堀田《ほった》さんにはご尽力《じんりょく》いただきまして」

「いいえ、私は何も」

あはは、うふふ、と朗《ほが》らかに笑い合う二人。

二人がこうして並んでいると、それだけで絵になる。

ズクズクと胸が痛み、うまく呼吸ができない。気を抜いたら、その場に崩れてしまいそうだ。

私はギュッと両手を握り、その痛みでなんとか自分を保っていた。

やがて、立ちすくんでいる私に気が付いたのか、その女性は魅力的な笑みを浮かべて私に話しかけてきた。

「咲良さん、ご無事で何よりですわ」

「あ……えっと」

戸惑いを隠せない私に、彼女は目を細めている。

友好的な表情のはずなのに、どこか冷たく感じるのは、私の心がすさんでいるからだろうか。

女性はカバンから名刺を取り出し、私に丁寧に差し出す。

「私、堀田と申します」

私は名刺を両手で受け取り、その内容を見て目を見開いた。

そこには、〝アヤ化粧品　秘書部　堀田ミカ〟と印字されている。

「もしかして、アヤ叔母《おば》さんの秘書の方、ですか」

「ええ。咲良さんが社長に電話をされたときに、何度か応対させていただいたことがあります」

「あ……」

　言われてみれば、先日、何度も叔母さんに電話をしたのだが、出るのは秘書の女性ばかりだった。

　そのときの秘書が彼女だったのだろう。

　私は名刺から顔を上げて彼女の顔を見ることができなかった。

　アヤ叔母さんの秘書ならば、恋敵ではないのだろう。そう考えたが、どうも腑《ふ》に落ちない。

　根拠はないけど、イヤな予感が脳裏《のうり》をよぎった。

　俯《うつむ》いて考え込む私に、堀田さんが言葉を続ける。

「私は社長と咲良さん、そして大橋さんとの連絡係を仰《おお》せつかっております」

「連絡係、ですか」

　ええ、と堀田さんは小さく頷《うなず》いた。

「咲良さんもご存じかと思いますが、社長は多忙な方です。頻繁《ひんぱん》に連絡を取ることは厳しいでしょう」

「は、はぁ……」

「それに大橋さんも会社で責任ある仕事をされています。結婚式の打ち合わせのために時間を捻出《ねんしゅつ》するのも難しいと思いますわ」

「っ！」

慌てて顔を上げる私に、堀田さんはニッコリとした。だが、目が笑っていない。

暗に今日のドタキャンを言っているのだろうか。後ろめたいことがあるので、私はますます萎縮《いしゅく》してしまう。

私の態度を見て、堀田さんは気を取り直したように声を和《やわ》らげた。

「ですので、私がお三方の予定などを纏《まと》めさせていただくことになりました。それでよろしいですわよね、大橋さん」

「ええ」

「大橋さんには、先ほど結婚式場でお話させていただいた際に了承を得ております。咲良さんにもその時にお伝えしようと思っておりましたが、なかなかいらっしゃらなくて……心配しておりました」

クスクスとお上品に笑う様子が、どこか鼻につく。

(嫉妬《しっと》しているから、悪いようにしか思えないのかな)

ドロドロした感情が再び自分自身を蝕《むしば》んでいくのが、とてもイヤだ。

でも、私は気持ちを入れ替えて、彼女に頭を下げた。

「堀田さん、すみませんでした」

「いいえ。咲良さんがご無事でしたら、それでいいんです。それより、急に体調が悪くなったとか。今は大丈夫ですか？」

「はい、おかげさまで。ご心配をおかけいたしました」

こんなふうに心配してくれている相手に嫉妬するだなんて。私は自分の心の狭さが恥ずかしくなった。

今日は自分のイヤな面ばかりを見ている気がして、一層落ち込んでしまう。

気持ちが沈んでいる私を横目に、堀田さんは春馬君に声をかけた。

「では、大橋さん。咲良さんとお話したいので、彼女をちょっとお借りしてもよろしいでしょうか？　終わりましたら、このまま失礼させていただきます」

突然の要求に、春馬君は目をパチパチと瞬《しばた》かせた。だが、すぐに笑って家の中を示す。

「それでしたら、どうぞ中へ。外ではゆっくり話もできないでしょう」

春馬君が慌ててスリッパを出そうとするのを、堀田さんは止めた。

「いいえ、ほんの少しだけですし。それに秘密の相談があるのです。殿方はご遠慮願えませんか？」

「僕をのけ者にするんですか？」

「そんな、のけ者など……ただ、女同士でお話したいことがあるだけですよ」

フフッと軽《かろ》やかに笑った堀田さんが、私の腕を引っ張る。

「お時間は取らせませんので」

「あ、はい……」

有無を言わせない態度の堀田さんに、私は頷《うなず》くしかなかった。

サンダルを履《は》き、私は促《うなが》されるまま玄関を出てエレベーターに乗り込んだ。

堀田さんが一階のボタンを押し、エレベーターの扉はゆっくりと閉まる。

下へと動き出したエレベーター内は、とても静かで重苦しい雰囲気だ。

何も話そうとしない堀田さんの背中を見つめているうちに、エレベーターが一階へ着いた。ポーンという控えめなブザー音がしてすぐ、扉が開く。

堀田さんはこちらを振り返らず、エレベーターを降りていった。

彼女に気付かれないように小さく息を吐き出し、私もそのあとに続く。

静かなエントランスには、誰もいない。

それを確認した堀田さんは、ようやく私に顔を向けた。

「咲良さん。今日、本当は結婚式場に来ていたでしょう?」

「っ!」

言葉に詰まる私を見て、堀田さんは「やっぱり」と笑う。

そのあと、すぐに眉を寄せて、心配そうに私の顔を覗《のぞ》き込んでくる。

「なのに、大橋さんに声をかけず立ち去りましたよね? あの後ろ姿は間違いなく咲良さんでした」

「そ、それは……」

式場から立ち去った姿を、堀田さんに見られていたようだ。恥ずかしさに頬《ほお》がカッと熱くなる。

黙りこくる私に、堀田さんはニッコリとほほ笑み、言葉を続けた。

「咲良さんがどうして立ち去ったのか。その理由はわかりません。ですが、貴女《あなた》に言っておきたいことがあります」

「言っておきたいこと、ですか？」

ええ、と大きく頷いたあと、堀田さんは真剣な表情を浮かべる。

「私、大橋さんのことが好きになってしまいました」

「え？」

今、堀田さんはとんでもないことを言わなかったか。

「あの……今、なんて……？」

私は聞き間違いだと思い、もう一度聞き返した。

「ですから。私、大橋さんに一目ぼれしてしまったんです」

「え⁉」

あまりの驚きに、私は思わず後ずさる。

しかし、私の動揺など気にもとめず、堀田さんはどこか夢見がちな表情を浮かべ、うっとりと語り出した。

「ちょっと年下ですけど、とても大人な雰囲気ですし。あの真摯《しんし》な瞳が和風男子って感じで、私の好みですわ」

「えっと、その」

堀田さんはアヤ叔母《おば》さんの部下で、今回私たちの連絡係をしてくれる人物だ。

その任がある人が、そんな発言をしていいのだろうか。

呆気《あっけ》に取られている私など見もせず、彼女の話はエスカレートしていく。

「咲良さんは二十九歳ですよね？　実は私も同じ年。大橋さんが年上でもＯＫということは、私にもチャンスはあるはずです」

「えっと、その……」

こういう場合、何と返事をしたらよいものか。

考えあぐねていると、堀田さんは目を輝かせた。

「いいでしょ？　咲良さん。私が大橋さんに恋をしたって」

「こ、こ、恋って――」

ダメです。絶対にダメです。そう叫ぼうとしたのに、堀田さんの声に遮《さえぎ》られてしまった。

「だって咲良さんは大橋さんのこと、何とも思っていないのでしょう？　だから籍を入れない条件で結婚式をするのですものね」

「っ！」

私は堀田さんが内情について知っていることに言葉を失う。

「あ、もちろん、このことは内密にしておきますから」

「ど、どうして……そのことを？」

まさかの展開に頭がついていかない。やっぱり私は咄嗟《とっさ》の判断というものが苦手だ。

アワアワと慌てる私を見て、堀田さんはクスクスと楽しげに笑った。

「君島社長から話は聞いております。だって私はこの政略結婚、ないしは結婚式を無事に遂行《すいこう》させるために連絡係をすることになったのです。内情を知らなければ、いつかボロが出てしまいますからね」

「……」

堀田さんの言う通りだ。今回行われる結婚式は、アヤ化粧品と大橋ヘルシーが提携《ていけい》を結び、確固たる関係になったことを世の中に知らせるのが目的。

そのためにも取り仕切る人が必要だと、堀田さんに白羽《しらは》の矢が立ったことは理解できる。

大事な仕事だ。アヤ叔母さんが彼女に任せると決めたのは、絶大な信頼を寄せているからだろう。

しかし、これではその信頼も揺らぐのではないかと敵ながら心配してしまう。

私が何も言えないでいる間にも、堀田さんは言い募《つの》る。

「籍も入れないし、お互いに好きではないのですよね？　だったら私と大橋さんが秘密の恋人になっても問題ないかと」

「い、いいえ。それは問題ありじゃ――」

「バレないようにうまくやりますし。咲良さんにご迷惑をおかけしませんので安心を！」

「ちょ、ちょっと待って」

「心配には及びません。筋をしっかり通そうと思っていますから」

では失礼します、と会釈《えしゃく》をしたあと、堀田さんは笑顔で去ってしまった。

結局反論もできず、ただ堀田さんの勢いに圧倒され続けた私は肩を落とすしかない。

彼女が言っていた『筋を通す』とは、どういうことなのか。

私がその意味を知るのは、翌朝のことだった。

第四章

堀田さんからの宣戦《せんせん》布告《ふこく》を受けた翌朝。私は重い身体と心に鞭《むち》を打ち、ヨロヨロしながらマンションを出た。

いくら精神的ダメージを食らっているとしても、今日は平日だ。社会人として会社に行かねばならない。

足取り重く駅へ向かおうとすると、マンションの前に真っ赤なスポーツカーが横付けされているのが見えた。

そのスポーツカーに見覚えがあり、私はそちらへ走り寄る。

私の姿が見えたのだろう。スポーツカーのウィンドウがゆっくり開き、中からアヤ叔《お》母《ば》さんが顔を出した。

「さーら！　おはよう」

「アヤ叔母さん!?」

真っ赤なスポーツカーの持ち主は、やっぱりアヤ叔母さんだった。

突然引っ越しをして以来、このマンションに近づくことがなかった人が一体どういった風の吹き回しだろう。

それにアヤ叔母《おば》さんもこれから仕事だと思うが、どうしてここにいるのか。

「どうしたの？　こんな朝早くに」

「春馬君はどうしたの？」

質問に質問で返されてしまった。いつもそうだけど、アヤ叔母さんはまずは自分の疑問を優先させる。

私は大きくため息をついて、叔母さんの質問に答えた。

「春馬君は朝早くに会議があるとかで、とっくに出て行ったの」

「ふーん、それは好都合。さぁ、咲良。乗りなさい」

「え？　私、今から会社に行かなきゃいけないんだけど」

「だからよ。送ってあげるから乗りなさい」

アヤ叔母さんは助手席を指さすと、エンジンをかけ出した。

「ほら、早く。グズグズして通勤ラッシュに嵌《はま》ると厄介《やっかい》でしょ？」

「はい……」

渋々助手席に乗り込みシートベルトを付けると、それを確認したアヤ叔母さんはウィンカーを出し、車をゆっくりと走らせた。

「叔母さん。会社の近くまででいいからね」

「またそういう遠慮をする」

「遠慮じゃなくて、この赤いスポーツカーはとても目立つから」

「いいじゃない。このフォルムと色。ステキでしょ？」

「アヤ叔母さんにはよく似合っているけど」

そうでしょ、と満更でもない様子でハンドルを握るアヤ叔母さんは、相変わらずキレイだ。

とても五十代とは思えないほど肌のきめが細かい。

その上、抜かりも隙もないメイクで、さすがは『アヤ化粧品』の社長だと思う。

ふと、ガラスに映った自分の顔を見つめる。薄化粧といえば聞こえはいいが、やっぱり地味だし、お世辞にもキレイだとは言えない。

それは昨夜、結婚式場で堀田さんを見たときにも感じたことだった。

私はもう少し自分自身を磨く努力をしなければならないだろう。

それは容姿のみではなく、心もだ。

大人の女性として、自分の行動に責任を持ち、強い意思で望まなければならない。

(まずは、春馬君にしっかり話さなきゃ)

そう考えた私は、昨日から今朝までのことを思い返す。

昨夜。堀田さんに宣戦布告《せんせんふこく》をされたあと、疲労困憊《ひろうこんぱい》で自宅に戻った私を見て、春馬君は狼狽《ろうばい》していた。

私がどうやらとてもやつれて見えたようで、速攻でベッドに押し込められてしまったのだ。

『顔色が悪い。とにかく寝た方がいい』

『あのね、春馬君。その前に話したいことが……』

部屋を出て行こうとする春馬君を止めたのだが、聞き入れてはくれなかった。

『話は明日聞く。だから今はとにかく休んで』

『でもね、春馬君』

『咲良！　俺を安心させるために今は寝てくれ』

それだけ言うと、彼はさっさと部屋を出て行ってしまった。

それでもと起き上がり、春馬君と話をしようとリビングに向かったものの、彼は電話で誰かと話していた。

漏《も》れ聞こえてくる内容からして仕事の電話みたいで、声をかけることを断念したのだ。

仕方ないので、今朝こそ春馬君に、本当は結婚式場に行ったこと、だけど場違いな感じがして逃げてきてしまったことを正直に話そうと決意していた。なのに、起きたらもう彼はいなかった。

ダイニングテーブルには、サンドウィッチとスープ。そしてメモが残されていた。

『咲良へ。体調はどうだ？　辛いようなら会社は休むように。今日は朝から会議があるので先に出かけます』

春馬君の優しさを感じ、鼻の奥がツンと痛くなった。

しかし、こうもタイミングを逃すと、ますます謝りづらくなってくる。

そこまで思い返した私は、困ったなぁと小さく息を吐き出す。すると、アヤ叔母《おば》さんは運転しながら「聞いたわよ」と意味深に笑い出した。

「堀田、アンタに宣戦布告《せんせんふこく》したそうじゃない」

その途端、ビックリして窓に頭をぶつけ、ゴンと大きな音を立ててしまった。

アヤ叔母さんは「大丈夫？」と声をかけてきたが、大丈夫じゃない。全然大丈夫じゃない。

ぶつけた場所を手で擦《さす》りながら、私は驚きのまま問いかける。

「ど、ど、どうして。そのことを？」

挙動不審な私が面白かったのか、アヤ叔母さんは、オホホと笑い声を上げた。

「あら。だって堀田から昨夜電話があったのよ」

「電話？」

「ええ。結婚式の連絡係として任命されましたが、大橋さんを好きになってしまいましたと言われたのよねぇ」

「言われたのよねぇ、って」

いたく冷静なアヤ叔母《おば》さんに突っ込みを入れたい。姪《めい》であり、養女でもある私の結婚に波風を立てようとする人物の登場なのに、その冷静な態度はないだろう。

確かに籍を入れないし、好き合って結婚式をするわけではない。そもそも籍を入れないのだから、結婚するというのも違うかもしれない。

春馬君からしたら、大橋ヘルシーを救うための結婚であり、私は恩人であるアヤ叔母さんの願いを叶えるための結婚だ。

だけど、万が一堀田さんが本気で春馬君を落として、それが第三者に発覚したらどうするつもりなのか。

偽装結婚とばれてしまい、会社として困ることになるはず。

それをアヤ叔母さんに言うと、また高らかにオホホと笑われてしまった。

「いいじゃない、別に」

「いいの⁉」

昨夜は堀田さんの勢いに圧倒されてしまって、私は何も言い返せなかったが、どこかでアヤ叔母さんが止めてくれると考えていたのだ。

そうしたら、さすがに堀田さんも春馬君にちょっかいを出さないだろうと高《たか》をくくっていた。

アヤ叔母さんは昔から突拍子《とっぴょうし》もないことを言い出す人だ。

それは知っていたけれど、今回に関してはそんなふうに言ってほしくはない。

そんな私の心情が伝わったのか、アヤ叔母さんはフフンと楽しげに鼻を鳴らす。

「心中《しんちゅう》穏やかじゃないかしら？　咲良」

「っ！」

「ほら、言ったでしょ？　絶対に咲良は春馬君を気に入るって」

すべてアヤ叔母さんに見透《みす》かされていたようで、居心地が悪い。

視線を逸《そ》らす私に、叔母さんはフフッと意味深に笑った。

「堀田は正々堂々と私に報告してきたわよ」

「そうですか」

「ええ。だから私は構わないと返事をしておいたわ」

「え⁉」

あまりの事態に、開いた口が塞《ふさ》がらない。何も言えない私に、アヤ叔母さんはクスクスと笑い続ける。

「仕方ないんじゃない？　籍は入れない嘘つき夫婦でしょ？　そういう話になるかもしれないって、予想できたんじゃないかしら」

「お互い愛人を、ってこと？」

「まぁ、そういうこと。だって法律上は夫婦じゃないわけだしね。咲良は、籍を入れたくないって言ったでしょう？　それは、しがらみがない方がいいと考えたからじゃないの？」

その通りだった。別れることを前提で私から提示した条件だ。

胸がチクチク痛み、私は膝《ひざ》の上でギュッと拳《こぶし》を握る。

「会社に迷惑をかけないのなら、秘密の恋愛もいいんじゃない？　アンタだって春馬君以外の人と恋愛したっていいのよ。会社の先輩が咲良に告白したんでしょう？　彼と付き合うのもいいんじゃないかしら」

信号が赤になり、車はゆっくり停車する。歩行者信号が青へ変わって、たくさんの人たちが一斉に歩き出した。

私はそれを呆然《ぼうぜん》と見つめていると、アヤ叔母《おば》さんは信号が青になったのを確認したあと、ゆっくりと車を走らせる。

そして、黙りこくったままの私に、小さくため息をついた。

「聞いたかもしれないけど、堀田は知っているのよ。この結婚は嘘で、籍を入れないということをね」

「ん……」

「会社に迷惑をかけないようにしますって言われてしまったら、私には彼女を止めることはできないわ。あとは春馬君が考えること、そうじゃない？」

「そう、だね……」

覇気《はき》のない声で返事をすると、アヤ叔母さんは盛大なため息をついた。

「私は第三者だけど、咲良は違うでしょ？」

「え？」

私は顔を上げて、隣で運転をしているアヤ叔母さんの顔を見つめた。すると真っ赤な口紅で彩《いろど》られた唇がニッと弧《こ》を描く。

「アンタなら、春馬君が愛人を作ろうとするのを阻止できるってことよ。嘘とは言え、咲良は春馬君と結婚式をする相手なんだから、がっつり当事者でしょ？」

「アヤ叔母さん」

「それにね、咲良。大橋春馬という男をあんまり甘く見ない方がいいわよ」

「え？」

どういう意味だろう、とハンドルを握る叔母さんを見つめ、小首を傾《かし》げる。

するとアヤ叔母さんは、前をまっすぐ見たまま苦笑した。

「あの一途《いちず》さには、恐れ入ったわ」

「どういうこと？」

「ふふ、あとは自分で考えなさい」

そう言ったアヤ叔母《おば》さんは、それ以上口を開かなかった。

あれこれ考え込んでいる間に、気が付けば私の会社の前までやって来ていた。

出社してきている社員はまだ誰もいないようだ。

あまり目立つ行動をしたくないので、ホッと胸を撫《な》で下ろす。

アヤ叔母さんと別れたあと、出社して制服に着替えた私は、いつものように受付付近の掃除に取りかかる。

手を動かしながらも、脳内では先ほど叔母さんが言った言葉がグルグルと回っていた。

最後の砦《とりで》だと思っていたアヤ叔母さんにどうやら見放されたらしい。

アヤ叔母さんのことだから、私が春馬君を好きになりつつあることはわかっているはずだ。だからこそ助言もしてくれたのだと思う。

しかし、どうせなら堀田さんを止めてくれればいいのに。

(堀田さんは、これからどうするつもりなのかなぁ)

彼女が本気になったとき、果たしてどういった行動を取るのか。

昨夜の言動を見る限り、大胆に春馬君へアタックするかもしれない。

何もせず指を咥《くわ》えたままでは、堀田さんの好きなようにされてしまうだろう。

しかし具体的な対策は何も思い浮かばない。

(ダメダメ。今から仕事なんだから)

だけど焦る気持ちや不安な気持ちばかりが膨《ふく》らんで、押し潰《つぶ》されてしまいそうだ。

恋をすると、こんなに振り回されるものなのか。

びっくりするほど挙動不審になるし、やらねばならないことが後回しになってしまう。

ふとテーブルを拭いていた手を止め、時計を見つめた。

春馬君は今日も早めに帰ってくるのだろうか。そうすれば、必然的に顔を合わせることになる。

こんな気持ちを抱えたまま、私は春馬君をまっすぐに見つめることはできないだろう。

それでも、昨日結婚式場に出向いたことだけは伝えた方がいい。

(うん、その方がいい。絶対にいい)

覚悟は決まった。そうとなれば、夕食の時に話そう。そのためにも、今日は定時で帰って彼に夕食を作りたい。

豪華なものは作れないけど、心を込めて作ろう。

春馬君は、私が作った料理を凄《すご》く嬉しそうに食べてくれる。

私はどんなメニューにしようかと頭を悩ませながら、掃除を手早く済ませた。

＊＊＊

定時で仕事を終わらせ、急いでスーパーに飛び込んだものの、メニューで迷いすぎて時間をだいぶロスしてしまった。

悩みに悩んだ末、肉じゃがに決めた私は、慌てて買い物を済ませてアパートに戻ってきた。

いつものように髪の毛をシュシュで纏《まと》め、エプロンの腰紐《こしひも》をキュッと締める。

そして、時計とにらめっこしながらせっせと夕食を作っていく。

それから約一時間後、やっと出来上がったと安堵《あんど》したと同時に、玄関が開く音が聞こえた。

きっと春馬君だ。

私は慌てて手を拭いて出迎えようとしたが、その前に春馬君が素早くキッチンに入ってきた。

私に纏《まと》わり付いて鍋を覗《のぞ》く春馬君。早く手を洗ってくるように伝えると、彼は子犬みたいな様子で洗面所に飛んで行った。

それがおかしくて思わず笑ってしまったものの、これからのことを思い出して、緊張と不安で胸がドキドキする。

ダイニングテーブルには、メインの肉じゃがとともに、ごはんやお味噌汁、白和《しらあ》えなど、ザ和食というラインナップを並べた。私たちは向かい合って座り、「いただきます」と手を合わせる。

「この肉じゃが、めちゃくちゃ美味《うま》い！」

春馬君は一番に肉じゃがに箸《はし》を付けて、喜びの声を上げてくれた。

「よかった」

「ありがとうな、咲良。仕事があって疲れているのに作ってくれて」

肉じゃがを頬《ほお》ばりながら笑う春馬君を見ていたら、視界が滲《にじ》んでくる。

私は春馬君にばれないように鼻を啜《すす》ったあと、持っていた箸をテーブルに置く。

「あのね、春馬君。話があるの……実は昨日、体調が悪くなったから結婚式場に行けなかったわけじゃないの」

私が切り出すと春馬君は食べる手を止め、私の顔をジッと見つめた。

その視線の強さに怯《ひる》んでしまいそうになったが、私は気持ちを強く持って、再び口を開く。

「私、本当は結婚式場に行っていたの」

「——どうして」

「え？」

「どうして咲良は俺に声をかけなかった？」

腕を組み、眉間に皺《しわ》を寄せる春馬君。そんな彼を見て、私は慌てて頭を下げた。

「ごめんなさい。声をかけられなかったの。私、とても場違いな気がして」

「場違いって。咲良はあの結婚式場で花嫁さんになるんだぞ？　場違いなもんか」

訝《いぶか》しげな声を出す春馬君に、私はポツリと呟《つぶや》いた。

「堀田さん……」

「え？」

「カフェで話していた春馬君と堀田さんがお似合いで。声をかけられなかった」

「……」

「堀田さんって凄《すご》く美人だし。それに比べて自分は垢抜《あかぬ》けていないなぁって」

深刻にならないように、顔を上げてつとめて明るい声で言う。だが、春馬君の眉間の皺はさらに深くなる。その表情を見て、ようやく彼が怒っているのがわかった。

やっぱり嘘をつかなければよかったのだ。後悔の念が胸に渦巻《うずま》き息苦しい。

少しの沈黙のあと、春馬君は静かに言った。

「前々から思っていたけれどさ。咲良は自己評価が低すぎると思う」

「そんなことないよ。春馬君には、私より堀田さんの方がお似合いって誰だって言うと思う」

　自分で言っていて辛くなってきた。ギュッと唇を噛《か》んで耐えていると、春馬君は怒った口調で言う。

「誰が言った？」

「だ、誰って」

「咲良が勝手に思い込んでいるだけだろう？」

「そ、そんなことないもの。きっと他の人だって」

　早口でまくし立てる私を、春馬君は「咲良！」と呼んだ。

　彼の厳しい表情と声に、私は肩をビクリと震わせて再び俯《うつむ》く。

「じゃあ、俺に聞いてみろよ」

「え？」

　ゆっくりと視線を上げると、そこには穏やかに笑う春馬君がいた。

　先ほどまで怖い表情を浮かべていた人と同一人物とは思えないほど優しい笑顔に、肩の力がフッと抜けていく。

「他の女より、俺には咲良が似合っていると言うから」

「春馬君」

　涙が出そうなぐらい嬉しかった。嘘でも、そう言ってもらえるだけで救われる。

言葉に詰まる私を見て、春馬君はニヤリと人の悪そうな笑みを浮かべた。……なんだかとてもイヤな予感がする。

「何だ、咲良。ヤキモチを焼いたんだな」

「っ！」

図星だった。

カッと身体中が熱くなってしまった。きっと全身真っ赤になっているだろう。

恥ずかしくてそっぽを向く私に、春馬君はクックッと楽しげな笑い声を上げた。

「可愛いなぁ、咲良は。やっぱり俺の嫁は世界で一番可愛い」

春馬君は椅子から立ち上がり、私に近づいて抱きつこうとするので、私はスルリと逃げた。

「おだてても何にも出ないですよ？」

しかし、私の行動など春馬君は予想済みのようで、結局は彼の腕に捕まってしまう。

春馬君の腕の中は、私にとっては安心できる場所になりつつある。そのことに、うれしさと戸惑いの両方を感じた。

そんな中、彼はふいに口を開いた。

「俺が一番手に入れたいものを、咲良は持っているよ。それをちょうだい」

「え？」

何のことだろう。私が持っているものなんてたかがしれている。

春馬君が欲しがるようなものなどないはずだ。

小首を傾《かし》げていると、私の耳元でバリトンボイスが響いた。

「お前の身体」

その言葉が囁《ささや》かれたと同時に、私の唇は彼によって塞《ふさ》がれてしまった。

「ふっ……ん!!」

唇だけでは物足りないようで、春馬君の舌先が口内を探ってくる。

歯列をくすぐる舌は、魔法をかけられたみたいに甘く、淫《みだ》らな刺激を生み出した。

クチュクチュと唾液の音が立ち、甘い吐息が耳をくすぐる。

つい最近までキスを知らなかった私なのに、すっかり彼を受け入れている。

ドキドキしながらも、もっともっとと貪欲に求めてしまう。

春馬君の大きな手が私の肩に触れ、腕、ウエストへと移動していく。ゆっくりとヒップを撫《な》でる手に、私は思わず身体を震わせる。

しかし、春馬君はそれ以上の甘い刺激をくれなかった。

「ごちそうさま」

チュッとノイズと甘さを残したキスは、残酷で苦しかった。

＊　＊　＊

今日のお昼は、カンナちゃんが外回りに出ているため一人だ。

食堂で食べたあと、休憩《きゅうけい》スペースに移動した私は、カップコーヒーを買ってソファーに身を預ける。

堀田さんの宣戦布告《せんせんふこく》から一週間が経《た》った。

結局、その間、堀田さんを牽制《けんせい》できずに一人で悶々《もんもん》としてしまった。

こうしてウジウジ悩んでいる間にも、堀田さんは春馬君にアタックしているかもしれないのに。それなのに、どうして私は二の足を踏んでいるのか。その理由はわかっている。

堀田さんに、「私も春馬君が好きです」と宣言したとしても、彼女に負けてしまう気がするからだ。

春馬君の話を聞く限りでは、堀田さんは結婚式や披露宴《ひろうえん》の打ち合わせの電話を春馬君にしてきたり、書類などを持ってきたりしているらしい。

『咲良が心配するようなことはないから。二人きりになるのは極力避《さ》けているし、いつも俺の秘書が対応してくれている』

そう言った春馬君の言葉を鵜呑《うの》みにしたいが、素直に受け取ることができない。

堀田さんは私にも電話をしてきたり、書類の確認や式での段取りなどを話したりしてくれるが、それ以外は何も言わずに電話を切る。

だからこそ、余計な詮索《せんさく》をしてしまうのだ。

こうしている今も堀田さんが春馬君に会っているかもと思うと、嫉妬《しっと》で胸が苦しくなってくる。

（もう頭の中がグチャグチャだなぁ……）

気持ちをどこに持っていったらいいのか。何から手を付ければいいのかわからない。

荒れ放題な部屋の掃除をするときの心境に近いものがある。

今は昼休憩中だから考え事も許されるが、就業時間内は極力考えないようにしなくては。

（……弱虫で、意気地《いくじ》なしな自分が本当に嫌いになってきた）

そう考えながら大きなため息を零《こぼ》すと、ふいに声をかけられた。

「おい、君島。元気ないな」

顔を上げれば、私の顔を覗《のぞ》き込むようにして金沢さんが立っていた。

「か、金沢さん！」

「そのままの状態だと、コーヒーが零れてしまうぞ？」

「あ……」

確かに手から力が抜け、あと少しで紙コップを落としそうな状態だった。

私は慌てて紙コップを持ち直し、テーブルに置く。すると、金沢さんが問いかけてきた。

「ここ最近、特に元気がないな。やっぱり結婚したくなくなったか？」

「い、いいえ。そうじゃなくて」

堀田さんのことでも悩んでいるが、もう一つ、目の前の金沢さんの問題が残っていた。

彼は、私が望まない結婚をするのなら自分のものになるように言っている。

しかし、以前とは状況が変わった。

金沢さんに告白されたとき、私は春馬君への恋心に気が付いていなかった。

だけど、今は春馬君が好きだという自覚がある。

私は周囲に誰もいないことを確認し、キュッと唇を噛《か》みしめ、金沢さんに言った。

「私、この結婚は絶対にしなくちゃいけないので、金沢さんとはお付き合いできません」

「それだけじゃ俺は折れないって、言わなかったか？」

その通りだ。政略結婚なら金沢さんは諦めないと言っていた。しかし、今の私の気持ちを聞いたらどうだろう。

私は、金沢さんをまっすぐに見つめる。

「私、春馬君が……今度結婚する彼が好きになりました！」

ごめんなさい、と言い切った私は、金沢さんの反応を待つ。一瞬悲しげに瞳を揺らした金沢さんだったが、すぐに表情を戻した。

「でも、婿さまは君島のことを何とも思っていないんだろう？　状況は変わらない」

「か、変わりましたよ！　だって私、春馬君が好きですもの」

「だが、それは君島の一方通行な想いだろう？　本人にその気持ちは伝えたのか？」

「まだです。でも！」

金沢さんはゆっくりと首を横に振ったあと、冷たく言い放った。

「君島の気持ちだけじゃ、本当の夫婦にはなれない」

「っ！」

「それに婿さま、なかなか有名人だな」

「え？」

そう言った金沢さんがカバンから出したのは、経済誌だった。

巻頭に春馬君の記事が載っている。

経済界のホープ、大橋春馬。大橋ヘルシーの若き御曹司《おんぞうし》。そんな見出しが踊っていた。

「コイツだろう？　お前の婿さまは」

「はい」

「いずれ婿さまは高い地位に昇り詰めていくだろうな。そのとき、君島はどうする?」

「どうするって?」

「近くにいるのに心は手に入らない。輝き続ける婿さまを見て、君島はどう思うのかな」

何も言えなかった。

誰もが認める美丈夫《びじょうふ》で、優秀な春馬君。そんな彼が、六つも年上の取り柄《とえ》がない私に見向きもしなくなるのは、時間の問題かもしれない。

「早く諦めた方がいいかもしれないぞ。この男、かなりモテそうだしな」

ポツリと呟《つぶや》いた金沢さんの言葉につい心が揺らぎそうになる。だけど、今さら諦められない。

ゆるゆると首を横に振り、私は俯《うつむ》いた。

「……無理です」

「君島?」

「私、春馬君と釣り合っていなくても。彼が私のことを好きじゃなくても、近くにいたいです」

これが本心だ。金沢さんの言う通り、この選択は辛く悲しい結果になるかもしれない。

結婚式をしても、戸籍上は夫婦ではない。

今後、春馬君があちこちに女の影を見せても、私はジッと我慢するしかないのだ。

それでも、今は彼の傍《そば》にいたいと願ってしまう。

金沢さんはそんな私を見て、大きなため息をついた。

「なぁ、君島。俺はそれじゃあ諦め切れないぞ」

「と、言われても……何回もお話ししていると思いますが、金沢さんは会社の人であり、仲良くしていただいている先輩です。それ以上でも、それ以下でもないです」

いつもとは違い、断固として姿勢を崩さない私に、金沢さんは目を見張《みは》っていた。だが、すぐに表情を変える。

「それは知っている。だけど、そこから一歩踏み出してほしい」

「金沢さん」

突然手を握られて、私は固まってしまった。思考回路がストップして、何も考えられない。

焦っていた私は、金沢さんの腕の中にすっぽりと捕まる。

「な、何しているんですか」

「君島が困っていたから」

「ですから、こういうことが困るんです!!」

無理やり腕の中から出ようとしていたら、ふいに金沢さんの力が緩《ゆる》んだ。

驚いて見上げると、そこには赤いルージュをキレイに引いたカンナちゃんがいた。彼女が、金沢さんの肩を掴《つか》んでいる。

「そこまで必死だとみっともない。もう少し考えたらどうですか？　金沢さん」

「カンナちゃん!!」

営業から戻ったカンナちゃんが、休憩《きゅうけい》スペースまでやって来てくれたようだ。

金沢さんの腕を振り払い、私は救世主を見つめた。

カンナちゃんはゆっくりと頷《うなず》いたあと、私の頭に優しく触れる。

「咲良にしては頑張ったじゃないか。今までなら、固まってしまって文句の一つも言えなかっただろう」

「もしかしてカンナちゃん。ずっと見ていたの？」

それなら、もっと早く助けてくれてもいいのに。そう思っていたら、カンナちゃんは笑った。

「こういうことは、しっかりと当事者同士が話し合った方がいいからな」

確かにその通りである。これは私と金沢さんの問題だ。

私は再び頷く。すると、カンナちゃんは金沢さんを見つめた。

「男なら直接勝負でしょ？」

「直接勝負？」

怪訝《けげん》な表情を浮かべる金沢さんに、カンナちゃんはニッと口角を上げる。

「ええ。ここは一つ、咲良の婿さまと直接会って話をした方がいい。会いもしないうちから、あれこれ詮索《せんさく》し、決め付けるのはどうかと思いますよ」

無言を貫《つらぬ》く金沢さんに、カンナちゃんは女王様みたいに顎《あご》をしゃくる。

「婿さまだって、咲良の今の状況を把握《はあく》する必要がある。嫁が対応できないなら夫がやる。それが夫婦ってものだ」

「カンナちゃん？」

「それに、私も咲良の婿さまに会いたい。変な男なら私がぶっ飛ばしてやる」

フンと鼻息荒いカンナちゃんに、金沢さんは肩を竦《すく》めた。

「田尾のお眼鏡にかなわなかったら、俺に協力しろよ？」

ニヤリと意味深に笑う金沢さんに、今度はカンナちゃんが肩を竦める。

「それは咲良の気持ち次第ですな」

勝手に取り決め始めた二人を、私は「勝手なこと言わないで」と止めた。だが、どうすることもできなかった。

結局、今夜、私のマンションに来ることを決めてしまったカンナちゃんと金沢さんは、仕事を手早く終わらせ、手土産《てみやげ》を持ってやって来た。

「え？　本当に来たんですか？」

目を白黒させて驚いている私に、カンナちゃんが不敵に笑う。

「直接勝負をすると言っただろう？」

「そうだけど……」

慌てて金沢さんに視線を向けると深く頷《うなず》いている。本気のようだ。

こうなったら仕方がない。

私と春馬君の二人分の夕食を作っていた私は、二人をリビングに通す。そのあと、お茶の準備をしながら金沢さんに声をかける。

「頼みますから、春馬君が帰ってきても喧嘩《けんか》なんてしないでくださいね」

金沢さんに釘を刺したが、「状況による」と言い切られてしまった。

何度も同じやりとりをする私と金沢さんを見て、カンナちゃんは他人事のように笑っている。

「もう！　カンナちゃん」

「悪い、悪い」

「全然悪いと思っていないでしょ？」

唇を尖《とが》らせていると、玄関の鍵《かぎ》が開く音がした。きっと春馬君が帰ってきたのだろう。

「二人はここで待っていてください」

そう止めたけれど、カンナちゃんと金沢さんは、私より先に玄関まで春馬君を出迎えに行ってしまった。

玄関を開けた春馬君に、カンナちゃんが軽く声をかける。

「こんばんは。初めまして、お邪魔しています」

見知らぬ人物たちが自分の帰りを待っていたことに、春馬君も動揺が隠せない様子だ。

あとから慌てて玄関にやって来た私を見て、彼はホッとした表情を浮かべる。

私は戸惑っている春馬君をリビングまで連れて行き、ソファーに座らせてから二人を紹介する。

「そちらは会社の先輩で、仲良くさせていただいている金沢さん。で、こちらは同期の田尾カンナちゃんです」

春馬君の視線は金沢さんに注《そそ》がれている。

渋い顔をしていた春馬君だったが、ふと表情を和《やわ》らげ、カンナちゃんに笑顔を向けた。

「初めまして。大橋と言います。いつも咲良がお世話になっています」

見合いのときに見せた、爽《さわ》やかな笑顔だ。

春馬君が言う『よそ行き用』の顔だとピンときた私は、思わず噴き出しそうになる。

一方、カンナちゃんは春馬君を見て胡散臭《うさんくさ》そうな顔をしたあと、彼にニッコリと笑いかける。

「いいえ、こちらこそ。私は咲良との付き合いは長いですから、婿さまも猫被《ねこかぶ》りはやめて素でお話ししていただきたい」

女王様、降臨。真っ赤な口紅が、カンナちゃんを一層威圧的《いあつてき》に見せている。

一瞬言葉を失った春馬君だったが、すぐにクツクツと笑い出した。

「君島社長から噂《うわさ》はかねがね聞いています。さすがは田尾さんですね」

「それは褒《ほ》められているのか、それともけなされているのか」

「褒めているのですよ。咲良の騎士だと聞いています。今、咲良がこうして俺の前にいるのも貴女《あなた》のおかげだと思っていますから」

「確かに、変な虫は駆除したがな」

肩を竦《すく》めるカンナちゃんに笑いかけたあと、春馬君は表情を一変させ、厳しい顔で金沢さんの方を見る。

「初めまして、咲良の夫になる大橋です」

「金沢です。突然の訪問で申し訳ない」

言葉だけは、無難な挨拶《あいさつ》をしている二人。だが、二人を取り巻く雰囲気は穏やかなものではない。

カンナちゃんも私と同じことを思ったようで、私に目配《めくば》せをして肩を竦めた。

居たたまれなくなった私は、わざとらしく手を叩いて口を開く。

「えっと、挨拶はそれぐらいにして。夕ご飯にしましょうか。ご飯も炊《た》けたし、カンナちゃんたちがおかずを買ってきてくれましたから」

二人が本当にマンションに押しかけてくるとは思っていなかった私は、いつもどおり二人分の夜ご飯を作っていたのだ。

多めに作っておいたから、四人で分けても少なすぎることはないだろう。

ご飯も冷凍ご飯にしてストックしようと思ってたくさん炊いたし、カンナちゃんたちはおこわなども買ってきてくれた。

うまく分ければ、大人四人分の夕ご飯になる。

「そうですか。お土産《みやげ》をいただいたようで……ありがとうございます」

「いえ、こちらこそ夕飯時にお邪魔いたしましてスミマセン」

春馬君と金沢さんの言葉の端々《はしばし》から、上辺《うわべ》だけの社交辞令だと伝わってくる。

私は険悪な雰囲気を断ち切るために、慌ててキッチンに向かい、夕ご飯の準備に取りかかった。

手伝うというカンナちゃんと二人で用意をしながら、リビングの様子を窺《うかが》う。

すると、何とも異様な雰囲気が漂《ただよ》っている。あの二人だけにしておくのはまずいんじゃないか、と今さら気が付いた。

慌ててエプロンを外してリビングに行こうとする私を、カンナちゃんが通せんぼする。

「今は行かない方がいい。それに、直接対決しに来たのに、穏やかにことが済むと思っていたのか？」

「なっ⁉」

とんでもないことを平然と言い放ったカンナちゃんに、私は目を丸くする。

そんな私を見て、カンナちゃんは苦笑した。

「なぁ、咲良。ここは一つ、修羅場《しゅらば》ってヤツをやらせてやろう」

「で、でも……」

「今日ここでやっておかないと、結婚式当日に喧嘩《けんか》し始めるぞ。あの二人」

その言葉を受けて想像してみる。列席者が大勢いる結婚式場で、いきなりとっくみあいの喧嘩をし始めたら……とても恐ろしい。地獄絵図だ。

青ざめる私を、カンナちゃんは腕組みをして見下ろした。

「婿さまも、咲良の周りに男の影があったことは、前から気が付いていたようだし」

「え？　……あ！」

金沢さんに告白されたあと、私が色々悩んでいるときに春馬君が指摘してきたことが確かにあった。

『咲良に色目を使ってくる男がいるのか？』

ますます青ざめる私に、カンナちゃんはフフッと軽《かろ》やかに笑う。

「それにしても見たか？　婿さまが嫉妬《しっと》する顔」

「嫉妬って」

「あんな切羽詰《せっぱつ》まった婿さまを見ても、咲良は何も感じないのか？」

やれやれと肩を竦《すく》め、首を横に振るカンナちゃん。彼女の言う通り、ちょっとだけ期待していた——もしかしたら春馬君は、金沢さんに嫉妬しているのかもしれないと。

だけど、私の勘違いだったら。

大橋ヘルシー安泰《あんたい》計画に邪魔者が登場したから、それを排除したいだけだとしたら……私は立ち直れないだろう。

ますます顔色をなくす私を見て、カンナちゃんは大げさに息をついた。

「私は少しだけ婿さまに同情したくなったな」

「同情って？」

「咲良の鈍さは折り紙付きだって、教えてやらねばならんなぁ」

ニシシと意地悪く笑うカンナちゃんに、唇を尖《とが》らせたときだった——

「そうですか。話し合いは決裂ですね」

「決裂も何も、咲良はこの結婚に同意してくれています。今さら部外者が顔を突っ込んできても迷惑なだけですが」

不穏な会話が聞こえて、私とカンナちゃんは慌ててリビングに行く。すると、そこには重苦しい空気が立ちこめていた。

春馬君と金沢さんは、一歩も譲《ゆず》らずといった様子で厳しい視線をお互いに向けている。

ふと金沢さんが私に顔を向けた。

彼の視線に熱い何かを感じて、目を逸《そ》らせない。

固まったままの私に優しくほほ笑んだあと、金沢さんはもう一度春馬君と向き合った。

「君島は俺と結婚した方が幸せになれる。早々に手を引いていただきたい。もし会社のしがらみで破談《はだん》にできないのなら……俺は君島の愛人になってもいいと思っている」

皆が息をのんだ。シーンと静まり返るリビングで、誰も言葉を発しない。

その沈黙を破ったのは金沢さんだ。彼は、「では、失礼する」と告《つ》げ、言いたいことは言ったとばかりに出て行った。

「ごめん、咲良。私も帰る。婿さま、お邪魔した。では」

カンナちゃんも弾《はじ》かれるように金沢さんのあとに続いて出て行く。

バタンと玄関の扉が閉まる音が、リビングに重苦しく響いた。

何か話さなくちゃ。そう思うのに言葉が出てこない。

慌てている私を見て、春馬君が大きく息を吐いた。

「あの男が、咲良を狙っていた人だよな。この前、上の空で何かを考えていたとき、咲良はあの人のことを考えていたのか」

「えっとね……」

その通りだが、それだけじゃない。

あのときは、政略結婚を受け入れた私に対し、カンナちゃんが言った言葉の意味を考えていた。

『会社間の利益のためとはいえ、咲良とは思えぬ、思い切りのよさだ。でも、それが答えなんだろうな』

今ならカンナちゃんの言葉の意味がわかるし、納得できる。

私は知らず知らずの間に、春馬君のことが好きになっていた。

だからこそ二人きりの空間で話せたし、春馬君からのキスもイヤじゃなかった。それどころか、もっとしてほしいという感情を抱いていたのだ。

でも、春馬君に私の気持ちを言う勇気はまだない。もし、ここで私が彼に好きだと告白して振られたら立ち直れない。

無言で首を横に振ると、春馬君は立ち上がり、私の顔を覗《のぞ》き込んできた。

「いい度胸しているよな、咲良。夫の前で、よその男のことを考えるだなんて」

「そ、そうじゃなくて」

どうやって説明しようかと思案していたら、春馬君はさらに私との距離を詰めた。

その行動に驚いて、言葉が見つからなくなってしまう。

後ずさりをしながら春馬君の真剣でまっすぐな視線から逃れようとしたのだが、私の背中は壁についてしまった。

私と春馬君との距離は、ジリジリと近づいていく。あと少しで唇と唇が触れ合うというところで、春馬君は苦しそうに顔を歪《ゆが》めた。

揺れる長い睫《まつげ》に悲しみに染まった瞳、キレイな唇。

彼のすべてが私の心をドキドキさせる。

こんな状況で春馬君に見惚《みと》れている私に、彼は切なそうに呟《つぶや》いた。

「お前は俺の嫁だ。誰にも渡さないし、咲良がイヤだって言っても離さない」

その言葉は正直嬉しかった。だけど、それは春馬君が本心で言っているなら、だ。

もし、会社のためによき夫を演じているとしたら……

そう考えただけで、ギュッと胸が締め付けられた。

(そんなのイヤだ。耐えられないよ)

春馬君のことを好きだと気が付いてから、私は我が儘《わまま》になっている気がする。

最初は、彼の気持ちが私になくても傍《そば》にいられればいいと考えていた。

だけど、もっともっと彼が欲しくなっている。今、一番欲しいもの、それは彼の気持ちだ。

でも、それはきっと手に入らない。堪《こら》えていた涙が、零《こぼ》れ落ちていく。

ボロボロと頬《ほお》を伝う涙を拭く気力もなく、私は胸にしまっていた想いを紡《つむ》いだ。

「それって……大橋ヘルシーが窮地《きゅうち》に立たされるからでしょ？」

「咲良？」

悲しげな瞳をして私の顔を覗《のぞ》き込んでいた彼が、困惑の色を浮かべる。

私の鬱憤《うっぷん》を晴らすかのように、絶え間なく零れる涙。それを春馬君が慌てて手のひらで拭き取った。

その手つきはとても優しくて、どうか彼も私のことが好きでありますように、と願わずにはいられない。

子供みたいに泣きじゃくる私の頭を、春馬君は優しく撫《な》でてくれる。

彼の温もりをずっと自分のものにしたくて、私はギュッとワンピースの裾《すそ》を掴《つか》み、呟いた。

「私、もうヤダよ」

「咲良、泣かないで」

春馬君は私の涙を止めるために宥《なだ》めてくれるのに、涙は一向に止まらない。

それどころか、頬を伝う雫《しずく》はより増えていく。

「もうヤダ。私だけ春馬君のことが好きなんだもの。私なんてアヤ叔母《おば》さんの姪《めい》じゃなければ、春馬君と出会うことすらなかったのに」

ヒックヒックと声を上げて鼻を啜《すす》るなんて、どう考えても大人の女性がする仕草ではない。

わかっているのに、自分でもどうしようもなくなってしまっていた。

「ちょっと落ち着けよ、咲良」

私を宥《なだ》める春馬君の言葉を無視し、私は彼に言葉を投げ付ける。

「政略結婚でもいいから、ずっと春馬君と一緒にいたい。でも、私じゃない人を好きになる春馬君を見ているのは辛いよぉ」

泣きじゃくっていたら、彼に両肩を掴《つか》まれ、ドクンと胸が高鳴った。

やっと大人しくなった私を見て、春馬君は大げさに息を吐き出す。

「どうしてそんな話になるわけ？　俺はずっと咲良が好きだって言わなかった？」

春馬君の声はとても固い。しかもどこか尖《とが》っていて、怖さに身体が強張る。

グスグスと鼻を啜ったあと、私は彼から離れ、まっすぐに見上げた。

少しムキになっていると自覚しているけど、言わずにはいられなかった。

「それはだって……大橋ヘルシーのためでしょ？　私がへそを曲げたら、結婚がなくなると思って」

最後は絞《しぼ》り出すように声を出した私に、春馬君は眉をひそめる。

「……心外だな」

「は、春馬君？」

その言葉と同時にグイッと腕を引っ張られ、彼の腕の中に倒れ込んでしまった。

慌てて離れようとしたのだが、春馬君の力強い腕には敵《かな》わない。

「咲良は、ずっと俺の気持ちを嘘だと思っていた、と？」

私の耳元でそう囁《ささや》く春馬君の声は官能的で、身体の奥がゾクゾクとする。

彼の色気にのまれてしまいそうになったが、私は慌てて体勢を整えた。

「だ、だって。普通そう思うよ。私なんて特にキレイでもないし、結婚するメリットといえば、アヤ化粧品社長の血縁者だってことだけ――」

「そこが間違っている。咲良はどうしてそんなに卑屈《ひくつ》になるんだ？　咲良と一緒になることのメリット？　そんなのたくさんあるに決まっているだろう。その中で一番のメリットは俺が、世界一幸せになれることだ」

春馬君の殺し文句に、私は卒倒しそうになる。

まっすぐな視線に堂々とした態度、凛《りん》とした声。どれも、春馬君が正直な気持ちを言っていると証明しているかのようだ。

今なら春馬君の言葉に嘘がないことがわかる。

だって、彼の態度のすべてに、嘘という言葉は見当たらなかったから。

再び零《こぼ》れ落ちる涙を、春馬君の指が拭《ぬぐ》ってくれる。

指の温かさと春馬君の優しさ、彼の真摯《しんし》な気持ちが私の心にスッと入り込んできた。

胸がキュンと切なくなって、苦しい。でも嬉しい――

春馬君が言ってくれた言葉を思い返し、もう一度感動する私に、春馬君は意地悪くニヤリと口角を上げた。

「政略結婚が嘘だって言ったら、咲良はどうする？」

一瞬、春馬君の言葉の意味が理解できなかった。

きっと春馬君の言い間違い……そうに決まっている。

万が一、先ほどの春馬君の発言――政略結婚が嘘だったらうんぬん――が本当だったとしよう。

それならお見合いから今まで、私が思い悩んだのは何だったのだろうか。

私は念のため春馬君に聞き返してみた。

「え？　もう一度言ってくれますか？」

縋《すが》るように春馬君を見上げると、彼は困った顔で笑った。

「ネタばらしはせずに、このまま押し通そうと思っていたんだけどな」

「押し通すって。どうして？」

「そりゃあ……格好悪いからだよ」

「格好悪いの？」

ますますよくわからない。

押し通すとは一体どういう意味だろう？　格好悪いって、春馬君がってこと？

気の抜けた表情をする私に、春馬君はばつが悪そうに唇を尖《とが》らせた。

「俺ばっかり好きすぎるって格好悪いだろう？」

「春馬君？　ごめんね。何だか意味がわからないんだけど」

春馬君を見上げると、彼は耳まで真っ赤にして頭を抱えた。

そんな彼を見るのは初めてかもしれない。

目を見開いて驚いていると、春馬君は私のことをジッと見つめてくる。

「咲良が俺のことを何とも思っていないのは知っていたけど、どうしても咲良と結婚したかった。恋愛して付き合うなんて段階をぶっ飛ばして、咲良を自分の女にしたかったんだ」

「っ！」

熱すぎる視線に、身が焦《こ》がされそうだ。春馬君の情熱が伝わり、私も顔を赤らめる。

すると、彼がぽつりと呟《つぶや》いた。

「一年前ぐらいかな。初めて君島社長に会ったんだ」

「アヤ叔母《おば》さんと？」

ああ、と小さく頷《うなず》き、春馬君はこれまでの経緯を語り始めた。

「俺は数年前から大橋ヘルシーの後継者として勉強を始めていたんだ。そんなある日、君島社長とランチミーティングをする機会をもらった」

懐《なつ》かしむように目を細める春馬君はドキドキするほど格好よくて、思わず魅入ってしまう。

私の視線に気が付いたのだろう。春馬君がフッと優しげに笑うものだから、身体が一気に熱くなった。

「君島社長はさ、やっぱり凄《すご》い人だ。化粧品業界に君臨する女王様。まさにそんな感じだった」

「女王様？」

「容赦《ようしゃ》ないことで有名なんだ。彼女に認められるのは一握りの人間しかいないっていう話でさ。俺はあのとき、かなり緊張していたな」

「春馬君でも、緊張するんだ？」

少し意外だった。見合いの席での振る舞い、そしてこれまでの春馬君を見る限り、そんなふうにはとても見えない。いつも自信満々で、不安や緊張など無縁そうだ。

そう言った私を見て、春馬君はむきになって怒る。

「俺だって人間だ。緊張するし、不安に思うこともある」

「そ、そうなの？」

やっぱりちょっと意外だ。そう彼に告《つ》げると、不満そうに眉をつり上げた。

「最近、一番心配していたことを言おうか？」

「え？」

「お前のことだよ、咲良」

「わ、私？」

どうしてだろうと小首を傾《かし》げる私を見て、春馬君は脱力してその場に座り込んでしまった。

どうしたらいいのかわからず立ち尽くす私を、彼は恨《うら》みがましい目で見上げる。

「これだから困る。俺の気持ちに全く気が付いていない」

「え？　え？」

「そうだよな。あれだけ好きだって言っても信用しなかったし。俺の気持ちに気が付かなくて当然だよな」

散々な言われようだ。ムッとして春馬君を見下ろしていると、彼は突然立ち上がり、私を抱き締めた。そして強引に唇を奪う。

「んっ……ふぁ……ぁん！」

私の唇を貪《むさぼ》り、舌で口内をくまなく堪能《たんのう》する春馬君に、甘い吐息が漏《も》れる。

クチュクチュといやらしい音がして、私は羞恥心《しゅうちしん》をかき立てられた。初めて春馬君とキスしたときは卒倒してしまいそうだったが、今は甘さを味わう余裕がある。

もっと欲しい。彼の柔らかくて熱い唇で私を愛してほしかった。

やがて春馬君の唇から解放されたが、肩で息をするほど呼吸が乱れてしまった。生理的な涙を浮かべている私の目を、春馬君は強い眼差《まなざ》しでジッと見つめている。視線を逸《そ》らしたくても、逸らせない。それほど魅力的な目だった。

キスの余韻《よいん》が残る中、彼は先ほどの話を再開する。

「ランチミーティングのメンツは君島社長と、大橋ヘルシー社長である俺の義父、それと俺の三人。市場調査のことを話したかな。君島社長は色々な話を次から次に俺に振ってきてさ。答えるのに四苦八苦だった。今も勉強中の身だけど、あの頃は本当に右も左もわからなかったから」

そう言って笑う春馬君だったが、聞き捨てならない言葉を聞いた気がする。

私は慌てて尋ねた。

「義父って……大橋ヘルシー社長のこと？　え、でも、それってどういう意味？」

不思議に思って首を傾げる私を見て、春馬君は大げさにため息をつく。

ちょっと待っていろ、と言った彼は自室へ行き、一枚の紙を持ってきた。

「これ、見合いのときに渡した釣書《つりがき》。これに書いてあるけど?」

「え!?」

その釣書は確かに私の手元にもある。あるにはあるが……。私は視線を泳がせた。

「その調子じゃ、全然釣書を見ていなかったな?」

「……」

黙り込む私に、春馬君は釣書のある箇所を指さす。

「ほら、ここ。俺の本当の両親は死去。知人であった大橋家の養子になる。そう、きちんと書かれているだろう?」

春馬君が言うように、確かにその旨《むね》が記載されていた。

彼も私と同じで両親を亡くしていただなんて。

春馬君は、言葉をなくしている私の顔を覗《のぞ》き込んできた。

突然視界いっぱいに彼の顔が見えて、私はつい後ずさる。

「まさか釣書を見ていなかったとはなぁ」

「だ、だって! あの見合いの席で渡されても、ゆっくり見ることはできないよ」

「そうだとしても、帰ってからチェックするだろう? 契約とは言え、結婚する相手だぞ?」

「……」

「咲良は本当に危機管理がなっていない。もう少し色んなことを疑え。もし、とんでもない相手だったらどうするつもりだったんだ！」

ごもっともだ。ばつが悪くて俯《うつむ》いた途端、大きなため息が聞こえる。

見上げると、春馬君が拗《す》ねたような顔をしていた。

年相応《そうおう》の春馬君を見ることができて、とても嬉しい。

思わずほほ笑んだ私に、「笑うとこじゃないけど？」と春馬君は不機嫌に言いつつ腕組みをした。

「まぁ、仕方ないよな。俺のことは眼中になかったみたいだし」

「は、春馬君。あの、そんなことは……！」

慌てて取り繕《つくろ》おうとするのだが、彼はますます拗ねていく。

「俺がどんなに咲良のことが好きだって言っても、本気にしてもらえないしな」

「ご、ごめんなさい。春馬君。今は信じています。というか、そうじゃなきゃイヤです」

必死に言い募《つの》る私をチラリと見たあと、春馬君は目を閉じる。

そして「ん！」と形のいい唇を私の方に向けてきた。

わけがわからなかったので「ん？」と聞き返したのだが、春馬君はもう一度私に唇を突き出す。

「咲良からキスしてくれたら、許してあげる」

「なっ‼　と、とんでもない！」

そう叫んだのだが、春馬君は目を閉じたまま笑みを深める。

どうしたらいいのかわからずオロオロしていると、春馬君はカウントを始める。

「十、九、八」

「ちょ、ちょっと待って！　な、何でキスしなくちゃ」

あまりのことに、頭の中は真っ白だ。

ワナワナと震える唇で、何とか春馬君への抗議を口にしたが、彼は容赦《ようしゃ》なかった。

「早くしないと、俺が咲良にキスするぞ。七、六」

「そ、そんなの……今までだってしていたよ？　さっきだって」

「ん？　俺の場合はもう唇だけじゃ我慢できなくなっているから、身体中にするけど。それでもいいわけ？　五、四」

絶句してしまった。

身体中にするキスなら、服もすべて脱がなければならない。

想像しただけで卒倒してしまいそうである。

確かにセックスというものは、そういう行為をするものだ。

それはわかっている。だけど、自分が体験するとは思ってもいなかったので、パニックになってしまう。

「ほら、早くしないと俺からしちゃうからな。三、二、一」

「ま、ま、待って！　するから……私からするから、少しだけ気持ちの整理を」

「待っていたら、咲良はますます尻込みするだろう？」

「うっ！」

痛いところを突かれてしまった。春馬君の言う通り、気持ちの整理をしていたら、さらに萎縮《いしゅく》するのは目に見えている。

言葉をなくす私を横目に、春馬君はカウントを済ませてしまった。

「――ゼロ」

「……」

「さぁ時間切れ。咲良は今から身体中にキスされるんだからな」

「は、春馬君」

「そんな涙目で見つめたってダメだよ。わかっている？　咲良。俺がどれだけ咲良のことが好きで、どれだけ長い間我慢していたか」

そんなこと知らない。やっと、春馬君が私のことを本気で好きだってことを知ったばかりなのだから。

真っ赤になって戸惑っている私に、春馬君は優しくほほ笑んだ。

「ランチミーティングのあと、君島社長がハンカチを落としたことに気が付いてさ。俺は慌てて社長を追いかけたんだ。そうしたら君島社長に書類を届けにきた咲良を見かけた」

「私を？」

「運命だと思った。咲良が立ち去ってから、俺は君島社長に頭を下げたんだ」

「え？」

「彼女が欲しいです、ってね」

もう、何も言えなかった。自分の鼓動がトクントクンと聞こえる。

抱きつくには勇気がいるから、私はそっと春馬君のスーツの裾《すそ》を握った。

恋に免疫がなく、男の人が苦手。危機管理もできないし、テンパると挙動不審になる。

そんな私の精一杯の勇気だ。

春馬君に、私の気持ちが伝わるように、スーツの裾を握る手に力を込めた。

「色んな説明はあとだ。今は咲良を抱きたい。もう、俺は我慢できないし、しない」

私の手が、春馬君の大きな手のひらで包み込まれた。

＊　＊　＊

「春馬君が、私の帰りが遅いって怒ったあの日みたいだね」

彼に連れこまれたのは、きちんと二人で使ったことがない大きなベッドだった。

私はそこに押し倒され、春馬君を見上げている。

『夫婦なんだから一緒に寝るだろう?』

彼がそう言って、私を強引にベッドに押し倒したときに似ている。

違うのは、私の気持ちだ。

あのときは戸惑いと、こんな状況を作ったアヤ叔母《おば》さんへの恨《うら》みだけだった。

今は違う。もちろん胸は張り裂《さ》けそうなほどにバクバクしているし、緊張もしている。

だけど、これは戸惑いや嫌悪という感情とは正反対だ。

そんなことを思い返している私に、春馬君が悪戯《いたずら》っぽく言う。

「じゃあ、あのときと同じように言おうかな?」

「え?」

戸惑う私の頬《ほお》をゆっくりと撫《な》でたあと、春馬君は真剣な顔をして呟《つぶや》いた。

「俺の全部をあげるから、咲良の全部を俺にちょうだい? ……どうする、咲良?」

冗談めかした口調なのに、目が本気だ。

今までの春馬君なら、どこかに逃げ道を用意してくれていた。

だけど、今はそれを感じられない。逃がさない、そういうことなのだろうか。

とはいえ、逃げるつもりはなかった。だって、彼のことをもっともっと知りたい。

「どうするって、決まっているよ？」

「咲良？」

「春馬君を知りたいから。……ください」

春馬君は目を大きく見開いた。

彼があんまり驚くものだから、私は思わず笑ってしまう。

クスクスと笑い声を零《こぼ》す私を見て、春馬君は面白くなさそうな顔をする。

「君島社長から咲良は男を知らないって聞いていたし、俺もそう感じていたんだけど……もしかして他の男に抱かれたことがある？」

そう言って心配そうに私の顔を覗《のぞ》き込んだので、私はとうとう噴き出した。

こんなに自信がない顔は、彼にはやっぱり似合わない。

「春馬君でも心配になることってあるんだね」

「だからさっきも言っただろう？　咲良のことばかり心配してたって。咲良の言葉や態度で不安になるし、男の影にも気が付いていたから心配だった」

「は、春馬君？」

「俺ばっかり咲良を好きだなんて、不公平だ‼」

彼は大きな手のひらで、私の頭を包み込んだ。大事なものに触れるみたいに、優しくそっと……

じんわりと伝わってくる熱が、自分の体温と溶け合うようで幸せだ。

「だから俺は咲良を抱く。俺のことしか考えられないようにするから」

「あのね、春馬君――」

私だって同じ気持ちだよ、と言おうとしたのだが、春馬君の唇に塞《ふさ》がれ、甘い吐息に変わってしまった。

「ふっ……ぁ……んっ」

春馬君は長い指で私の耳に触れ、舌と唇で私のそれを愛撫《あいぶ》する。

唇の柔らかさ、温かさ、そして甘さが私の身体をどんどん変えていくのがわかる。

ゾクゾクとする淫《みだ》らな痺《しび》れは、彼が私に触れるたびに広がっていく。

彼の背中に回していた手は、いつの間にか力なくシーツに投げ出されていた。

もう力が入らない。クニャンと身体中が溶けてしまいそうだ。

(アイスって、こんな気持ちなのかなぁ)

食べられるのを待ちながらドロドロに溶けていく――私の身体はまさにそんな感じだった。

初めての行為に戸惑いと恥ずかしさが隠せないが、彼にすべて委《ゆだ》ねてしまおう。

離れた唇が、名残惜《なごりお》しい。トロンと蕩《とろ》けた視線を春馬君に向けると、少しだけ彼の頬《ほお》が赤く色づいて見えた。

「夢みたいだ。あの頃の俺に言ってやりたい。何年か辛抱すれば、咲良が手に入るから頑張れって」

「え？」

意味がわからず聞き返したのだが、春馬君は返事をくれない。その代わりに私の耳に舌を這《は》わせた。

そしてカプリと耳たぶを甘噛《あまが》みし、クチュクチュと音を立てる。

聴覚と触覚、両方から攻められて、さすがに声がうわずる。

初めての感覚にも戸惑ってしまう。だけど後戻りしたいとは思わなかった。

ただただ、春馬君に触れていたい。触れていてほしい。その一心だ。

「咲良、好きだ」

ややかすれた春馬君の声は、とてもセクシーで下腹が疼《うず》く。

春馬君は私のワンピースをたくし上げ、私の胸を凝視《ぎょうし》した。その視線の熱さに身悶《みもだ》えてしまう。

「は、春馬君っ」

「可愛い、咲良。もっと見せて」

「む、無理だよ」

恥ずかしさに首を横に振ると、春馬君は私の耳元で囁《ささや》く。

「無理じゃない。可愛い咲良をもっとよく見せて」

「やぁ……んっふぁ」

ブラジャーの上から胸を揉《も》まれた。すでにツンと立ってしまっている頂《いただき》は、ブラジャーをしていてもわかってしまうかもしれない。

「ほら、咲良。もう乳首が立っている。もっと触ってほしい？」

「っ！」

私の返事を聞く前に、春馬君はブラジャーのホックを軽々と外す。

春馬君の視界に自分の胸が映っていると思うと、それだけで身体中が熱くなる。

「咲良の身体、ピンク色になった」

「やぁ……。い、言わないで」

「もっと赤くしたいな。ほら、邪魔なものは取っちゃおうか」

私の背に手を添《そ》えて起き上がらせた春馬君は、背中にあるファスナーをゆっくり下ろした。

ジジジッという音が聞こえる。

少しずつ外気に触れて、肌がゾワリと震えた。

直後、脱がされたシフォン生地《きじ》のワンピースがサラサラと音を立てシーツに広がる。

すでにホックが外されたブラジャーは、かろうじて肩にかかっている状態だ。

私の淫《みだ》らな姿は、部屋に置いてあった姿見《すがたみ》にすべて映し出されていた。

慌てて目をつぶったが、春馬君にはすべてお見通しだったようだ。彼はクスリと笑って尋ねる。

「どう？　鏡に映る自分は」

「は、恥ずかしいよ……」

「恥ずかしくないよ。凄《すご》くキレイだ。咲良は普段はとっても可愛いけど、こうしているとキレイだな」

「嘘ばっかり」

「嘘？　ほら、自分で確認してみろよ。キレイだから」

無理だよ、と首を横に振る私に、春馬君は甘く情熱的な声で囁いた。

「じゃあ俺が目に焼き付けておく。抱く前の咲良と、抱いたあとの咲良。違いを教えてやるよ」

「そ、そんなこと」

しなくていい、と言いつつ目を見開くと、そこには優しげにほほ笑む春馬君がいた。

彼は本当にどんな表情でも絵になる人だ。誰もが振り返る和風美丈夫《びじょうふ》の春馬君。

そんな彼に、今から抱かれようとしているだなんて。

夢みたいだけど、肌に感じる甘い痺《しび》れが現実だと教えてくれる。春馬君を見ているうちにふと、私は改めて彼にふさわしくなりたいと思った。

「私、キレイになりたい」

「咲良?」

「貴方《あなた》のために。ううん、自分のためにキレイになりたい。努力したいって思う」

手を伸ばして春馬君の手を握りしめて言うと、彼はフッと笑ってくれた。

「俺も努力する」

「春馬君?」

「咲良をよりキレイにするために、いっぱい抱く」

「な、な、な……」

パクパクと口を開閉することしかできない私に、彼は悪戯《いたずら》っ子のようにニヤリと笑う。

「幸せなセックスは、心も身体も磨いてくれるらしいよ。知っていた?」

固まったままの私の肩に手をかけて、中途半端に腕に残っていたブラジャーを取り外す。それから春馬君は私をシーツの海に押し倒した。

そして、まさに春馬君が私にキスをしようとしたとき——

「あ‼」

ふと、あることが頭を過《よ》ぎり、私はこんな場面だというのに叫んでいた。政略結婚は嘘だと春馬君は言っていたが、共同開発の話も嘘だったのかということだ。

目の前の春馬君をチラリと見ると、何とも言えない顔をしている。

それはそうだろう。なんせ雰囲気をぶち壊して台無しにしてしまったのだから。

「ごめんね。春馬君」

「謝るぐらいなら、早くキスさせろよ。我慢しすぎて耐えられないって言わなかったか？」

確かに聞きました。だけど、これだけはどうしても確認しておきたい。

再び覆《おお》い被《かぶ》さろうとする春馬君の顎《あご》を両手でグググッと押さえて止める。

「あのね。一つだけ確認しておきたいの！」

しばらくしてやっと私の話を聞く気になってくれたのだろう、春馬君が力を抜く。

ほら早く話して、と春馬君にせつかれ、私は質問した。

「今回の政略結婚は嘘だって、春馬君は言ったよね？　共同開発の話も嘘だったの？」

「ああ、そんな契約は取り交わしていない。咲良と見合いしたのは、すぐにでもお前が欲しかったからだし。と言っても、この見合いは君島社長の提案なんだけどな」

「え？」

私は、今回のシナリオはすべて春馬君が考えたものだと思っていた。

ビックリする私にチラリと視線を向けたあと、春馬君は天井を見上げる。

それも何だか遠い目をしているのは、私の気のせいだろうか。

「咲良のことが欲しかったのは本心だけど、まさかこんなことになるとはなぁ」

「春馬君が考えて、アヤ叔母《おば》さんに頼み込んだんじゃないの？」

「違う。女王様の差し金」

「……」

戸惑う私を見て、春馬君は大きく息をついた。

「俺は正攻法で咲良に近づこうと思っていたんだけどさ。君島社長が、咲良はそんな方法じゃ結婚どころか、恋もしないって言ったんだ」

「じゃあ、アヤ叔母さんの話に乗ったの？」

「その通り」

脱力してしまった。確かにアヤ叔母さんは私をよく知っている。恋に臆病《おくびょう》で男性と話すのが苦手なので、普通の手順では恋愛できないとわかっていたのだろう。

結果的には、アヤ叔母さんの思惑通りだ。私は春馬君のことを好きになり、結婚に異議を唱えることはなくなったわけだが、何だか面白くない。

「俺はこの一年、女王様から出されたテストの山に悪戦苦闘《あくせんくとう》していたんだ。それでもめげなかったのは、最後のご褒美《ほうび》だけを考えていたから」

「テスト？　ご褒美？」

春馬君の口から出てきた単語を聞いて、私の頭の中にクエスチョンマークが飛び交う。

わけがわからなくて春馬君を見上げると、彼は自嘲《じちょう》めいた笑みを浮かべた。

「一年前、君島社長に咲良が欲しいってお願いした。そこまでは話したよな？」

コクリと頷《うなず》けば、春馬君はその頃を思い出したのか、力なく笑う。

「それからは、そりゃもう、涙なくしては語れない難問の数々が立ち塞《ふさ》がる日々が続いた。咲良の相手にふさわしいか、君島社長に試されていたんだ」

「アヤ叔母さんが？」

「そう。可愛い姪《めい》っ子であり、養子の咲良をそんじょそこらの男に渡したら、死んだ咲良の両親に申し訳が立たない。だから私が見極める。覚悟なさい――そう言われた」

アヤ叔母さんらしい。私への愛を感じ、涙が滲《にじ》む。

春馬君が私の頭をゆっくり撫《な》でた。その優しい手つきが嬉しくて、私は彼の手にすり寄って目を細める。

「君島社長に難問を出されても頑張れたのは、咲良が欲しかったから」

「ご褒美って、もしかして……」

「もちろん咲良のことだ。最高のご褒美だろう？」

「っ！」

恥ずかしくて、嬉しくて言葉にならない。私は思わず口元に手を当てた。

再び私に覆《おお》い被《かぶ》さった春馬君は、熱っぽい瞳でこちらを見下ろしている。

そして私の頬《ほお》に手を伸ばし、そっと触れてきた。

その手はとても熱くて、彼の情熱が表れている気がする。

「ほら、目を閉じて。俺のご褒美、たっぷり堪能《たんのう》させて？」

近づく春馬君の顔。形のいい薄い唇が、私の唇に今まさに口づけようとしている。

私はドキドキしながら、瞳を閉じてキスを待った。

キスする瞬間、彼はとんでもないことを言い出す。

「わかっているよな？　咲良。あの見合いは君島社長の発案だし、共同開発の話は元からなかった。大橋ヘルシーが窮地《きゅうち》に立たされているというのも嘘だから」

「っ!!」

パチッと目を開けたと同時に、春馬君の唇が私の唇を塞いだ。

その途端ゾクゾクと快感が背を走り、私はギュッとシーツを握りしめる。

柔らかくて熱い彼の唇は、唇だけでは物足りないとばかりに、鼻のてっぺんや頬、目尻などあらゆる場所に落ちていく。

甘い吐息を漏《も》らしつつ、私は春馬君に問いかけた。

「そ、それじゃあ。大橋ヘルシーが火の車で、アヤ化粧品と提携《ていけい》しなくちゃ潰《つぶ》れてしまうという話は？」

「大橋ヘルシーは順調に業績を伸ばしております。社員一丸となって仕事に取り組んでおりますので、ご心配いりませんよ」

ビジネスのときの春馬君の顔。彼曰《いわ》く、よそいき用の声と話し方だ。

呆気《あっけ》にとられている私を見て、彼は茶目っ気たっぷりに目尻に皺《しわ》を寄せた。

「そうでも言わなきゃ、咲良は結婚するって絶対に言ってくれなかっただろう？」

確かにそうだ。だけど納得がいかない。

大橋ヘルシーが火の車でないとわかり、ホッとはしたが、この嘘はちょっとひどい。

ムッとして春馬君を睨《にら》み付けたものの、彼の嬉しそうな笑顔に毒気を抜かれてしまった。

すると、笑顔のまま春馬君が言う。

「大橋ヘルシーは義父《おやじ》の大事な会社だ。俺は何が何でも会社も社員も守り抜くと覚悟を決めて入社したんだ」

「うん」

「それにもう俺は一人じゃない。咲良がいるし、これからできる家族も養わないといけないからな。会社を窮地に立たせるかよ」

「春馬君……」

「言っておくけどな、咲良。こうして両想いになったんだ。籍だって入れるぞ。お前はもうすぐ大橋になるんだ。俺の守るべき存在になるんだから、よそ見せずに俺だけについてこいよ？」

そう言って笑う春馬君は男前すぎる。一気に身体中の血液が沸騰《ふっとう》した気がした。

籍を入れるということは、私が大橋姓になるということ。

彼の家族にしてもらえるのだと思うと、幸せで胸がいっぱいだ。

「これで全部話したぞ？　質問はないか？」

「た、たぶん……ない、かな？」

「何だよ、たぶんって」

「だって、もう。色々ありすぎて、気持ちの整理がつかないよ」

大橋ヘルシーの経営は傾いておらず、政略結婚や見合いなどの件はアヤ叔母《おば》さんの差し金。春馬君はずっと私を好きでいてくれた。

要約はできたけれど、まだまだ私の心は落ち着かない。

「あとでゆっくり整理すればいい。今は、俺のことだけを考えて」

「春馬くん……」

「なぁ、咲良。お前にもっと溺《おぼ》れさせて？」

再び近づく春馬君の顔を見て、私はそっと目を閉じる。

春馬君の唇、手、吐息、声、絡《から》みつく足。どれもが私を敏感に、淫《みだ》らにさせる威力があった。

「あっ……んぁ……っ！」

首筋を舐《な》められ、身体がビクッと跳ねる。春馬君が何かアクションを起こすたびに、身体が素直に反応してしまう。

愛撫《あいぶ》が、これほど気持ちいいものだったなんて。

この歳までセックスの経験はなかったが、それなりに知識だけはあった。だから、初めての行為だといっても何とかなると思っていたのだ。だけど——

(全然想像していたのと違う。何、これ……身体がおかしくなっちゃう)

初めてなのに、こんなに気持ちよくなってしまうだなんて。自分がとても淫乱な気がして恥ずかしい。

キュッと唇を噛《か》みしめ、零《こぼ》れそうな声を堪《こら》えようとするのだけど、春馬君にすぐ止められる。

「咲良、ダメだよ。声、我慢しないで？」

「で、でも……あぁん……ぁやあ」

恥ずかしい、と甘い吐息と一緒に呟《つぶや》くと、春馬君の長くてキレイな指が私の唇に触れた。

フニフニと感触を確かめるみたいな動きが、ますます私の羞恥心《しゅうちしん》を煽《あお》っていく。

「恥ずかしい？　咲良は可愛いな」

「春馬君！」

「咲良は可愛い。年上だって忘れそうになる」

「春馬君はっ……私を年上扱いしたことないくせに」

考えてみれば、春馬君と私は六つも年の差がある。それなのに、春馬君はいつも余裕綽々《よゆうしゃくしゃく》で、私に対して年下らしい態度を示したためしがない。

ムッとして彼を見上げると、視線が絡《から》み合う。その瞬間、春馬君はフッと柔らかく笑った。その笑みはとてもキレイで、大人びている。

大きく高鳴る胸をどうにかしたくて、私はギュッとシーツを握りしめた。

ここで春馬君の笑顔にときめいたら、負けな気がする。

ムンと口を横一文字に引くと、春馬君は私の唇に再び指を添《そ》えた。

「うちの嫁は可愛いから、時折年の差を忘れてしまうだけだ」

「嘘つき！」

「嘘じゃない。でも、その言い方も可愛いからもっと言ってもいいぞ？」

「っ!!」

絶句するしかない。

いつも何かにつけ、私をベッドに誘っていた春馬君だったが、こうして甘い言葉をかけてくることはあまりなかった。

それなのに、今日は甘い言葉のオンパレードだ。

嬉しいような、ちょっと恥ずかしいような——

一気に熱くなった顔を隠したくて春馬君から顔を逸《そ》らしたが、春馬君に顎《あご》を掴《つか》まれて正面を向かされる。

「ダメ。俺のこと、ずっと見ていて」

「だ、だ、だって……恥ずかしいことばかり言うんだもの」

自分が言った言葉にも羞恥《しゅうち》が募《つの》り、身体中が熱くなった。

「俺は正直だから、思ったことしか言っていない」

「だ、だから……そういうふうに言われることが恥ずかしいんです！」

「恥ずかしがればいい」

「なっ⁉」

「恥ずかしがっている咲良は、格別に可愛いし、美味《うま》そうだ」

「う、う、美味そうって」

あまりのことにパクパクと口を開くしかない私は、端から見たらさぞかし滑稽《こっけい》だろう。

それなのに春馬君は私をじっと見つめ、愛おしいと言わんばかりに目を細めている。

顔にかかる黒髪や魅惑的《みわくてき》な目、長い睫《まつげ》が彼をより艶《つや》っぽく見せていた。

「俺は言っただろう？　もう我慢の限界だからって」

「ふっァァ……んっ」

春馬君は私の胸に手を添えたかと思ったら、すぐにキュキュッと頂《いただき》を軽く摘《つ》まんだ。

その刺激に腰が跳ねる。再び襲《おそ》う淫《みだ》らな刺激を誤魔化《ごまか》すように、私はシーツを蹴《け》った。

「何を恥ずかしがっているのかわからないけれど、俺からしたら嬉しくて仕方がない」

「嬉しい？」

どうして、と言葉にすれば、彼は目尻に皺《しわ》を寄せた。

「決まっているだろう？　俺の手で咲良が感じているんだぞ。嬉しいに決まっている」

「春馬……君」

ヤワヤワと私の両胸を揉《も》みながら、彼は頬《ほお》にチュッとキスをする。

「咲良が初めてだってわかっているけど。俺はまだまだ若造だから、抑えがきかなかったらゴメンな。はっきり言って、激しくしてしまうと思う」

「そ、それはちょっと……お手柔らかにお願いします」

もう懇願《こんがん》に近かった。

春馬君はこの容姿だし、学生の頃はたくさんの女の子と付き合っていただろう。

こういう場面だって何度も体験してきたはずだ。

だからこそ、ここは一つ穏便にしていただきたい。

(あ、でも。場数を踏んでいるのもヤダな)

過去をとやかく言っても、今さらどうすることもできないのは百も承知だ。

だけど、ちょっと面白くない。ううん、だいぶ面白くない。

春馬君の歴代の彼女たちを想像して嫉妬《しっと》めいた気持ちを抱いていると、彼はプッと笑った。

「何だよ、心配そうな顔をしたなぁと思ったら、今度は嫉妬したみたいにむくれて」

「む、むくれてなんて!」

慌てて春馬君の言葉に反論したが、彼にはすべてお見通しのようだ。

春馬君はニマニマと笑いながら、私の頭をガシガシと乱暴に撫《な》でた。

「嫉妬されるのも嬉しいって言ったら、どうする?」

「ど、どうするって」

「咲良の言動って、昔から俺のツボだったんだよな。やっぱり咲良は可愛い」

昔からってどういうことだろう。一年前のこと? でも、たった一年前のことを昔からと言うだろうか。

春馬君に尋ねようとしたが、太ももを撫《な》でられたことに驚いてしまい、聞くことができなかった。

「もう静かに。俺のことにだけ集中して」

「春馬君」

「咲良、好きだ」

それが官能の扉が開く合図だった。

春馬君は私の胸を揉みながら頂《いただき》をしゃぶり、チュクチュクと音を立てる。

そして、舌で頂を転がしたり吸い上げたりした。その動きがどんどん激しくなっていく。

「はぁ……ぁん……ふっ」

「ほら、固くなってきた。咲良、気持ちいい？」

聞かれても、喘《あえ》ぎ声を我慢するので精一杯で答えられない。身体が快感で震え、そのたびに身体の奥が熱くなっていくのがわかる。

「これはどう？」

右の頂は指でこねくり回され、左の頂は唇と舌で愛撫《あいぶ》を受ける。

同時に襲《おそ》う甘い痺《しび》れに、私は息も絶え絶えだ。

コクコクと頷《うなず》くだけ。返事もできない。

「ふぁ……っ……はぁ」

ギュッとシーツを握りしめて快感をやりすごしていると、私の手に春馬君がそっと手を伸ばしてきた。

「強く握りしめていると痕《あと》がつく。ああ、ほら。爪の痕がくっきりついている」

「で、でも」

何かを力強く持っていなければ、身体がフワフワして、どこかに飛んでいってしまいそうだ。

フルフルと首を横に振ると、春馬君は私の手のひらを撫でた。

「気持ちいいなら、俺に委《ゆだ》ねてしまえばいいだろう」

「だって……」

「咲良の啼《な》き声って可愛いし、気持ちいい顔をされると俺もドキドキする。俺は嬉しいんだ、咲良。こうしてお前を抱き締めることができるなんて夢みたいだ」

「春馬く……ん？」

「もし手に力を入れたいんだったら、ほら……こうしていろよ」

春馬君は、私の手を彼の肩に導いた。でも、さっきみたいにギュッと力を入れてしまったら、春馬君の肩に傷がついてしまう。

慌てて肩から手をどかそうとしたが、春馬君はそれを制止した。

「ダメ。手はここ」

「でも、力が入っちゃうから。春馬君の肩に傷がつくよ？」

「いいよ。その方が嬉しい。そうじゃなきゃ、俺がシーツに嫉妬《しっと》するかもしれないぞ。いいのか？」

「シーツに嫉妬って」

呆れて笑えば、春馬君は至極《しごく》まじめな顔をして頷《うなず》いた。

「本気だけど」

「え？」

「俺が本気で嫉妬すると怖いと思うけど、本当にいいの？」

そう言う彼の目は真剣で、冗談を言っているわけではなさそうだ。

慌てて春馬君の肩に手を乗せると、彼はフワッと優しく笑う。

「なぁ、咲良。前に俺と堀田さんのこと、勝手に疑って嫉妬していただろう？」

「うっ……」

確かにその通りだ。少しだけ付け加えるとすれば、現在進行形で彼女に嫉妬している。

春馬君は、言葉をなくしている私に頬《ほお》ずりしてきた。

「言っておくけど、俺はまだ金沢さんっていう咲良の会社の先輩に嫉妬しているし、今はシーツに嫉妬している」

「えっと……」

「咲良を独占したいって思っているから、よそ見していると知らないぞ？」

身体中にゾワリと鳥肌が立ってしまった。耳元で囁《ささや》く春馬君の声は艶《つや》っぽさだけではなく、どこか凄《すご》みを感じる。

そう思った瞬間、春馬君は私の首筋にカプッと歯を立てた。

「あは……んんっ」

甘噛《あまが》みをされた上、舌で愛撫《あいぶ》され、子宮のあたりがキュンと疼《うず》いた。

また快感をやりすごそうと春馬君の肩をギュッと掴《つか》む。

その拍子に爪を立てたかもしれない。きっと痛かっただろうと思って彼に謝ろうとしたのだが、私の口から出るのは謝罪の言葉ではなく、甘ったるい嬌声《きょうせい》だけだった。

両胸を優しく揉《も》みながら、彼は唇を首筋から肩へと滑《すべ》らせる。そして、そこをキュッとキツく吸い上げた。

ピリリとした痛みを感じながら、「これがキスマークになるのかな」と思ってしまう。

「咲良、好きだ」

これで何度目の囁きだろう。嬉しくて、胸がキュンと鳴る。

だけど、彼の手は私を穏やかな幸せに浸《ひた》らせてくれない。

胸に触れていた手は、今度は私のウエストのあたりをサラリと触り、太ももを辿《たど》る。

そこからさらに下へ移動して足首を掴《つか》み、春馬君は私の足の甲にキスをした。

そんなところにキスをされると思っていなかった私の胸が、ドクンと大きく高鳴る。

春馬君が唇を当てた箇所が、異様なほどに熱い。

そのままコテンと横に身体を倒され、私はベッドに俯《うつぶ》せの状態にさせられた。

仰向《あおむ》けに戻ろうとしたのだが、春馬君はその動きを止めるように私の背中に唇を押し当てる。

「っふ……ぁん……やぁ」

「ふふ、可愛い」

私が声を上げると、春馬君は嬉しそうに笑った。

彼が話すたびに、背中に吐息が当たる。その刺激が私の身体を淫《みだ》らにしていく。

春馬君は、私の背骨に沿うように舌を這《は》わせ、下へ下へと移動する。

そのたびに甘い吐息を漏《も》らしてしまい、恥ずかしくてギュッとシーツを握りしめた。

やがて、彼の唇は私のショーツを捕らえ、そのまま咥《くわ》えて下ろしていく。

膝《ひざ》まで下ろされたあと、今度は両手でショーツを掴《つか》まれ、脱がされてしまった。

私が恥ずかしがっていることを、春馬君はわかっているはずだ。だけどそれで動きを止めてくれる春馬君ではない。

「立て膝してみて」

「立て……ひ、ざ?」

そう言った彼が、私の身体を反転させて仰向けにさせた。

そうだよ、という優しい声に促《うなが》されて、ゆっくりと膝を立ててみる。

でも、この体勢はちょっと恥ずかしい。すぐに体勢を戻そうとしたが、腰を春馬君に抱えられてしまった。

「は、春馬君っ！」

抗議の声を上げたものの、その声は甘い吐息に変わった。

すでに蜜が蕩《とろ》け出た秘所を、春馬君は舌で舐《な》めている。

ジンと走る刺激に、私は高い声を上げてしまう。

「わかる？　咲良。蜜が滴《したた》っている」

「やぁ……い、いわな……っ」

「ここも、ぷっくりと膨《ふく》らんでいるのがわかる？」

わざとらしくクチュクチュと蜜を啜《すす》る音が聞こえる。

今まで感じたことがない感覚に、私の身体はトロトロに蕩けてしまい力が入らない。

ダランと肢体《したい》を投げ出した私は、ハァハァと荒い呼吸をして、どうにか快感を逃がそうと必死だった。そんな私を見つめ、春馬君は私の膝を掴み、足を大きく広げさせる。

恥ずかしくて足を閉じたかった。だけど、足に力が入らないせいで阻止することができない。

「真っ赤に充血している。ぷっくりと膨れているし……蜜もほら」

春馬君は蜜が滴《したた》る私の大事な場所に手を伸ばし、蜜を指に絡《から》めた。

透明な糸が彼の指に絡まって、常夜灯の光できらりと光る。

蜜が絡んでいる指を、彼は私に見せつけるように舌で舐めた。その様子はとてもセクシーで、目が離せない。

「は、恥ずかしい……よ」

涙声で呟《つぶや》く私に、春馬君はほほ笑んだあと、服を脱ぎ捨てて避妊具を付けた。

それから、彼はゆっくりと私の頬《ほお》を撫《な》でる。

「恥ずかしくなんかない。俺の手で感じてくれている証拠。嬉しいよ、咲良」

「はる、ま……く……んっ」

春馬君の顔を直視できなくて、背中に腕を回す。

キュッと抱きついた私に、彼は耳元で囁《ささや》いた。

「入れるよ、咲良」

「はい」

張り裂《さ》けそうな鼓動を感じながら、私はなけなしの勇気を振り絞《しぼ》った。

蜜が滴っていても、初めての行為は痛みを伴《ともな》うだろう。

だけど、いい。彼なら……春馬君になら、何をされても構わない。

覚悟を決めていると、熱くて硬い彼自身が私の中心にグググッと入ってきた。

異物感がひどくて、思わず顔を歪《ゆが》めてしまう。

春馬君は腰を進めるのをゆっくりにしたり、時折止まってキスをしたりと、優しい。

私に触れる手は、大事なものに触れるみたいに慎重で、それが涙が出るほど嬉しかった。

目尻に溜まった涙を、春馬君は長い指で優しく拭《ぬぐ》う。

見上げると、彼は私をまっすぐに見つめていた。

今、彼の目に映っているのは私だけ。そう思って独占欲を充《み》たした私は、頭の片隅《かたすみ》にあった嫉妬心《しっとしん》を忘れた。

痛みに襲《おそ》われ、彼の肩に爪を立てる。気遣う余裕もなく、私はギュッと手に力を入れ、この痛みをやり過ごそうとした。

「つい……んん！」

ひときわ大きい痛みの直後、「全部入った」と春馬君は艶《つや》っぽく囁く。

彼も息を乱し、眉間に皺《しわ》を寄せている。その表情を見て、彼が私の身体で感じてくれているのだとわかり、嬉しかった。

私の身体の中に春馬君がいる。ズクズクとした痛みはまだ消えてはいないものの、とにかく幸せだ。

「ごめん、咲良。少し動くけど、痛みは大丈夫か？」

私を労《いたわ》る春馬君に、ほほ笑みが浮かぶ。

春馬君はいつも私の気持ちを最優先で考えてくれている。

とても嬉しいけど、たまには違う彼も見てみたいと思うのは我《わ》が儘《まま》だろうか。

「大丈夫だよ……ねぇ、春馬君」

「ん？　本当に大丈夫か。無理はしなくていいんだぞ？」

「違うの。あのね、春馬君。貴方《あなた》の好きにして？」

「え……」

彼は、ポカンと口を開いて、何とも言えない表情をしている。

そんな彼に、私は精一杯の笑顔を向けた。

「私、春馬君が好きです」

「咲良？」

「好きな人には、いっぱい愛して……ほしいです」

春馬君は無言のまま、固まってしまった。

私の発言はやっぱり突拍子《とっぴょうし》もなかったのか。不安に思って見つめていたら、彼は真っ赤になって口に手を当てた。

「春馬君？」

「やっぱり咲良は、俺を殺す気かもしれない。お前の言葉の威力ってスゴイからさ。少しは考えて使えよ？」

「え？」

穏やかではない言葉で戸惑う私に、春馬君は嬉しそうに笑った。

「俺の箍《たが》を外してどうしたいんだ、って言ったの。俺の奥さん」

「え？　え？」

「咲良からの許可も出たことだし、手加減はしないから」

「きゃっ!!」

春馬君は秘芽を指で捏《こ》ねながら、硬くいきり立った自身を出し入れし始めた。

彼が動くたびに、クチュクチュと愛液の音が響く。少しずつだが、痛みが治まってきた気がする。

「ふぁん……っ……ハァ……ぁんん！」

「凄《すご》く、きもち……いい。絡《から》みついてくる」

「だぁめ……っえ。そこ、やぁああ」

ここ？　とフェロモンたっぷりの声色で囁《ささや》いた春馬君は、一点を突いた。

「んん！　ぁああん」

その途端、あまりの気持ちよさに大きな喘《あえ》ぎ声を出してしまった。

恥ずかしいけど、私は快楽で力が入らず、声を抑えることができない。

春馬君から与えられる、淫《みだ》らで甘美《かんび》な刺激に酔いしれるだけだ。

でも、今はいい。もっと春馬君と近づきたい。

春馬君の肩に掴《つか》まる手に力を込める。すると、彼は額に汗を浮かべつつ目尻に皺《しわ》を寄せた。

感情を身体いっぱいで表している春馬君が可愛い。

「や……ぁ……やああ」

次第に、ふわりと身体中の力が抜けてきた。どこかに行ってしまいそうな浮遊感を恐がっていたら、春馬君が私の目尻にチュッとキスをする。

「イキそう？　咲良」

「い、イク……のかなぁ」

初めての行為なので、未知の世界だ。どの状態になればイクなのか、どんな前兆があるのかもわからない。

「一人エッチはしたことないの？　咲良」

「な、ない……っよぉ」

「そうか。でも今後もしなくていいから」

「え？　やぁんんんっ！」

より一層速まる春馬君の腰の動きに、私は彼にひたすらしがみつくしかなかった。

「俺が咲良を一生可愛がってあげるから、心配いらないっ」

動くたびに身体と身体がぶつかる音と、クチュクチュという蜜の音が響く。

常夜灯の明かりの中、淫《みだ》らすぎる行為。

私にとってはどれもが非現実的だけど、私の体内にある春馬君の熱は本物だ。

咲良、と何度も私の名前を呼ぶ春馬君の声はかすれている。

それを聞いて彼も感じてくれているのだとわかり、身体が一層熱くなった。

「やぁ……もう、だめっ！」

「っ！」

「っはぁ……やぁぁぁぁんん！」

白く弾《はじ》けた世界に、春馬君の大人っぽい笑顔がかすんで見えた。

第五章

朝の光を浴《あ》びながら、私はゆっくりと目を開けた。

まったりとした空気の中に、何故かけだるさも感じる。

そして、すぐに腰に回された手に気付き、昨夜のことを思い出した。

(私、春馬君と……)

昨夜あった淫らな出来事が脳裏《のうり》をよぎり、恥ずかしさのあまり身悶《みもだ》えしたくなった。

その上、身体が反応して春馬君が昨夜触れた場所が熱を持つ。

少しだけ身体を動かしてみると、突然腰を鈍痛が襲《おそ》い眉をひそめた。

その痛みにも再び淫らな光景が浮かんでしまい、頬《ほお》が熱くなる。

情事後の朝は一体どんな顔でいればいいのだろう。初めてづくしで、どうしたらいいのかわからない。

私が悩んでいると、急に声がかかった。

「どうした、咲良。一人で百面相《ひゃくめんそう》して。朝から元気だな」

「春馬君!?」

いつから起きていたのかと聞けば、私が目を覚ます前からだと答えた。

ということは、すべて見られていたということだ。

私は声にならない叫び声を上げ、布団に潜り込む。だが、そこでさらに狼狽《ろうばい》することになった。

慌てて顔を布団から出して、春馬君に訴える。

「は、は、春馬君!!」

「何だよ、咲良。本当に元気だなぁ」

春馬君はふわわ、と大きくあくびをしたあとニヤリと笑った。

春馬君の艶《つや》っぽい笑みで、私はなおさらテンパってしまう。

「どうしてって、下着を穿《は》いていないんですか!?」

「どうしてって、俺いつも何も着ずに寝るけど」

「朝晩冷えてきたんですから、せめて下着は穿いてください」

恥ずかしさで声を荒らげると、春馬君はクスクスと笑って私を抱き寄せた。

私は、とっても居心地のいい彼の腕の中にすっぽりと収まってしまう。

ドキドキしながら見上げると、彼は優しげな目を細め、薄い唇でゆっくりと弧《こ》を描いた。

「理由はもう一つある」

「え？」

ニヤニヤと笑いつつ人差し指を立てた春馬君は、私のつむじにキスをした。

「朝起きてから、もう一回戦しようかと思って」

「一回戦？」

「そう、もう一回戦」

どういう意味ですか、と聞こうとした瞬間、春馬君が覆《おお》い被《かぶ》さってきた。

目を白黒させていたら、春馬君の顔が近づいてくる。

「あ！」

「やっとわかったのか」

相変わらずのんびりしているよな、と笑い声を零《こぼ》す春馬君だが、私にしてみればそれどころではない。

もう一回戦——それは、もう一度朝から睦《むつ》ごとをしましょうという意味のようだ。

私は拒否するためジタバタと暴れてみた。しかし、しっかり手首を拘束《こうそく》されている上、足を絡《から》められていて身動きがとれない。

「そんなに慌てなくてもいいだろう？」

「あ、あ、慌てます！　とにかく離してください」

「もう一回戦するつもりは？」

「ないです！　明るいところでなんてできないよ」

むきになって叫ぶ私に、春馬君はシレッと言う。

「セックスは薄暗いところでやるって誰が決めたんだよ？」

「そ、そうじゃなくってね。明るいと見えちゃうし、もう朝だから起きた方が」

「朝だからいいんだろう？　しっかり見たいんだし」

「なっ！」

とんでもない。昨夜は常夜灯だけの薄暗い部屋だったからこそ、ああいう行為ができた。

朝の光が差し込み、しっかりとお互いの身体が見える状態で抱き合うのは、今の私にはハードルが高い。

絶対に無理、と首を横に振る私を見て、春馬君はクスクスと笑い続けている。

「その前にさぁ、咲良」

「え？」

「裸の俺を見て恥ずかしいって言っていたけど、自分がどんな格好しているかわかっている？」

「自分の格好って？」

私は首を傾《かし》げたあと、改めて自分の身体を見つめた。

「ひぃっ！」

春馬君と同様、私も何も着ていない。

今の今まで気が付かなかっただなんて。我ながらどれだけのんびりしているのだろう。

呆然《ぼうぜん》としていた私だったが、慌てて身体に布団を巻き付けた。

「わ、わ、私……な、何で」

「何でって。昨日エッチしたあと、そのまま寝ちゃったのは咲良だぞ？」

「うっ」

思い出すのも恥ずかしいけれど、春馬君が言う通り、甘い痺《しび》れと余韻《よいん》を感じながら寝てしまったことを思い出した。

（恥ずかしくて死んじゃう!!）

布団の中で丸くなって悶《もだ》えていると、春馬君の笑い声が聞こえた。

ムッとして顔だけ布団から出せば、春馬君の顔が思ったより至近距離にあり、ビックリしてしまう。

「隙あり！」

「え？　っふ……うんっ」

昨夜の情事を思い出させるような濃厚なキスが降ってきた。

唇を甘噛《あまが》みされ、ヌルリと春馬君の舌が入り込んでくる。

彼は私の舌を探り当て、そのまま絡《から》ませた。

ゾクゾクする快感と昨夜の名残《なごり》が呼び戻され、このまま押し倒されてしまいたいかも
という考えが脳裏《のうり》に浮かぶ。

しかし、春馬君はあっさりとキスをやめてしまった。

もう少ししてほしかったなんて思っていると、春馬君のおでこが私のおでこに触れる。

「そんな顔しないの」

「ど、どんな顔？」

「物欲しげな顔」

「っ！」

思っていたことを言い当てられてしまい、羞恥《しゅうち》で身体が一気に熱くなった。

そんなふうに反応してしまったら、肯定しているのと一緒だ。だけど、身体の火照《ほて》り
を治めることはできない。

春馬君は私の様子を見て、肩を震わせクックッと笑っている。

その反応ですべてばれてしまっていることを悟り、ますます恥ずかしくなった。

「咲良のご希望に応えてキスしたいけど、今は我慢する」

そう言うと春馬君は私から離れ、部屋を出て行こうとする。突然温もりが離れてし
まったことに、私はちょっとガッカリした。

しかし、春馬君はドアノブを掴むと、私を振り返った。

「今日、咲良に会ってもらいたい人がいる。だから、早く起きよう」

「会ってもらいたい人？」

シーツをたぐり寄せて身体を隠す私に、春馬君は口角をクイッと上げて笑った。

「そう。俺の義父と義母に」

「え？」

すぐさま自分の格好を見る。裸な上、髪もボサボサ、それによくよく思い出せば昨夜お風呂にも入っていない。

早く支度《したく》して、それなりに身なりを整えなくては。せっかく春馬君の両親に会うのなら、少しでも好印象を持ってもらいたい。

慌てている私に、春馬君はばつが悪そうな顔をした。

「ずっと咲良に会ってもらいたかったけど……色々事情があってさ」

「事情？」

聞き返した私に答えらしい答えを言わず、春馬君は言葉を続ける。

「咲良が眠ったあと、義父《おやじ》に電話したんだけど」

「え!?」

確かに私は眠りこけてしまっていた。その間に、春馬君は大橋ヘルシーの社長、つまり春馬君のお義父さんに電話をしていたというのか。

目を丸くして春馬君を見つめる私に、彼は肩を竦《すく》めた。

「前からずっと咲良に会いたがっていたから大喜びしていた」

「そ、そうなの？」

ホッと胸を撫《な》で下ろす。自分を受け入れてくれそうな雰囲気に、少しだけ安堵《あんど》した。

だが、改めて考えてみれば、私は春馬君と結婚すると決めた時、大橋ヘルシーの社長に会おうともしなかったのだ。唐突な同居決定や、そのあとのドタバタですっかり忘れてしまっていた。

（うわぁ、それって感じ悪いよね……どうしよう）

今さら足掻《あが》いても遅いことはわかっているが、どうにかならないものか。

私は春馬君を見上げ、恐々《きょうきょう》と口を開いた。

「ど、どうしよう……春馬君」

「ん？」

「私、最初は結婚する気もなかったし、むしろ結婚自体を潰《つぶ》そうと思っていたの」

「知っているよ」

釣書《つりがき》も見ていなかったぐらいだからな、とジロリと睨《にら》まれたが、今はそれどころではない。

私はコホンと咳払《せきばら》いをして、話の糸口を作る。

「だからね、最初はご両親への挨拶《あいさつ》を全然考えてなかったの。えっと……お二人は、一度も挨拶にこない私のこと礼儀知らずだって思っているんじゃ」

考えれば考えるほど、自分の思慮の足りなさを痛感した。

どうしようと慌てる私に、春馬君は苦笑する。

「大丈夫だって。今回の件については全部知っているから」

「え？　知っているって」

どういう意味だろう。私は縋《すが》るような気持ちで春馬君を見つめた。

「俺が咲良に一目ぼれして君島社長に直談判《じかだんぱん》したことや、政略結婚だと言って押し通そうとしたことも、義父《おやじ》たちは知っている」

「し、知っているって」

「だから心配しなくていい」

私は、「だけどね」と食い下がろうとする。春馬君はベッドに近づき、私の手からいきなりシーツを奪《うば》い取ってしまった。

「きゃっ！」

咄嗟《とっさ》に身体を自分の腕で隠すが、隠しきれない。

「ほら、さっさとシャワー浴《あ》びてこいよ。準備ができたら大橋の家へ行くぞ。あっちは首を長くして待っているから」

「や、やだ。シーツ返して」

慌てて手を伸ばし、シーツを返してもらった。ホッとしたのもつかの間、春馬君はニヤリと口角を上げる。

「返してやったんだから早くシャワー浴びて、支度《したく》をすること」

「でもね、春馬君。まだ話が！」

「大丈夫。だって俺が義父たちに、会うのは待ってもらっていたんだから」

「え？」

「咲良を振り向かせることができたら、会わせるって言っていたんだ」

「え？」

「思ったより早かったなって、昨日電話で喜んでいた。だから心配する必要はなし」

それを聞いて、やっと胸のつかえが下りた気がした。

ああ、よかったと胸を撫《な》で下ろしていると、春馬君が私の耳元で囁《ささや》く。

「義父たちのことは心配いらないけど。咲良はもっと重要なことに気が付いた方がいい」

「重要なこと？」

何のことだろう、と頭を捻《ひね》っていたら、春馬君は悩殺ボイスで言う。

「いつまでも裸のままで俺の目の前にいると、襲《おそ》うよ。それでもいい？」

「すぐにシャワー浴びてきます！」

シーツを引きずり、慌てて部屋を出て行く私を見て、春馬君は遠慮なく笑った。

＊　＊　＊

それから数時間後。

「は、は、初めまして！　君島咲良と申します」

深々と頭を下げた私は、車の中でずっと練習していたセリフを言い切った。残念ながら練習の成果もむなしく、どもってしまったが。

どのタイミングで頭を上げようかと戸惑っている私の肩を、春馬君が優しく叩く。

「ほら、咲良。もういいから」

「は、はい」

恐る恐る顔を上げると、玄関先に立つ大橋ヘルシーの社長――春馬君のお義父さんと、お義母さんが私をジッと見つめていた。

私はお義父さんの顔を見て、思わず震え上がる。

（ここは、その筋の方の本拠地かもしれない……）

そんなことあるわけないが、そう考えてしまうほどインパクトのある強面《こわもて》だ。その上、恰幅《かっぷく》がよくて貫禄《かんろく》がある。

そのお義父さんからギロリと視線を向けられ、私は飛び上がった。

春馬君はああ言っていたけれど、やっぱり今まで挨拶《あいさつ》にこなかった私を怒っているのだろう。

謝ってどうにかなることではないかもしれないけど、誠心誠意謝って許してもらうしかない。

ギュッと手を握りしめて覚悟を決めた私だったが、次の瞬間、あ然としてしまった。

「よかった……よかったなぁ、春馬」

「あらあら、お父さんったら。これで涙を拭いて」

「ありがとう、母さん」

春馬君のお義父さんが、ハンカチを受け取り顔に押し当てて、嗚咽《おえつ》を漏《も》らしている。

予想もしていなかった展開に、私は驚いて春馬君を見る。

私の視線に気が付いた彼は困ったようにほほ笑むと、お義父さんに声をかけた。

「ほら、義父《おやじ》。咲良が驚いているから」

「そうは言ってもな、春馬。俺はずっと心配していたんだぞ。どう考えても詐欺《さぎ》みたいなものだったじゃないか。あんな作戦まで立てて」

もっともすぎて、私はフォローできずに沈黙する。

「それなのに、こんな男を好きになってくれて、その上結婚してくれるだなんて。ああ、めでたい。本当にめでたい」

ズズズッと鼻水を啜《すす》り、グシャグシャの顔で泣き続けるお義父さん。

泣くほど私たちの結婚を喜んでくれていることが嬉しくて、鼻の奥がツンと痛んだ。

グッと涙を堪《こら》えて、私はもう一度頭を下げる。

「挨拶《あいさつ》に来るのが遅くなって申し訳ありませんでした」

涙声の私に、お義母さんはとても優しい声をかけてくれた。

「そんなこと気にしなくていいのよ。貴女《あなた》はいわば被害者なのだから」

「ひ、被害者、ですか？」

「ええ、そうよ。うちの馬鹿息子の強引さに負けてしまったのでしょう？」

クスクスと上品に笑うお義母さんは、私の腕を取って家の中へ招き入れる。

「とにかく上がってちょうだい。ずっと貴女たちが来るのを待っていたのよ」

「ありがとうございます。お邪魔いたします」

「お邪魔だなんて！　これからはこの家も貴女の家になるのですもの。気遣いは無用よ。ほら行きましょう！」

お義母さんに引っ張られる途中、振り返ると春馬君と目が合った。

困ったような、嬉しそうな笑みを浮かべる彼に、私は泣き笑いを向けた。

リビングに案内され、座り心地がいいソファーに座る。そこから見える庭の様子は、赤や黄色の葉で彩《いろど》られていた。

明るい日差しが差し込む部屋は、とても穏やかで暖かい。

紅茶をいただきながらお互いの自己紹介をすることになった。

「咲良さん。改めて自己紹介させてくださいね。私は、春馬の義母の香澄《かすみ》です。そして、こっちで泣き崩れている感激屋の強面《こわもて》が義父の和成《かずなり》よ」

未だに泣き続けているお義父さんを横目で見ながら、私はお義母さんの話に耳を傾《かたむ》ける。

「春馬が中学生のとき、この子の両親が事故で亡くなってね。最初は親戚のところに身を寄せていたんだけど、あまり居心地がよくなかったらしくて……」

春馬君の実の両親が亡くなっていることを知ったばかりの私にとっては、これも初耳だ。

聞き逃さないよう真剣に聞き入る。

「昔から家族ぐるみの付き合いをしていた我が家に来なさいって言ったのにね。この子ったら意地張って、なかなか来なかったの」

軽く春馬君を睨《にら》むお義母さんだったが、その視線は慈愛《じあい》に溢《あふ》れている。

春馬君もそれをわかっているのだろう、「悪かったよ」と苦笑した。

「義母《かあ》さんたちに迷惑をかけたくなかったんだ。言っただろう？」

「そんな遠慮いらなかったのに。春馬が小さい頃から知っている仲でしょうが」

「だからこそ、だ」

中学生は多感な時期だ。その上保護者となった親戚と折り合いが悪かったとなれば、苦しい日々だったに違いない。

自分も同じ境遇だったから、春馬君の気持ちは痛いほどよくわかる。

私はすぐにアヤ叔母《おば》さんに養育してもらうことになったので、春馬君ほどの苦しみは味わわずに済んだけれど。

「いや、義父《おやじ》と義母さんには本当に感謝しているよ」

頭を下げる春馬君に、お義母さんはおかしそうにクスッと笑った。

「本当？　うちにいらっしゃいって言っても、なかなか首を縦に振らなかったくせに」

プックリと頬《ほお》を膨《ふく》らませているお義母さんを見て、春馬君は困ったように肩を竦《すく》めた。

そんな彼を見て、笑い声を上げたお義母さんが明るく言う。

「色々あったけれど、春馬はうちの子になったの。今はこうして可愛いお嫁さんを連れてきてくれて安心しているのよ」

「あの……私、春馬君よりかなり年上ですが、いいのでしょうか」

ずっと気になっていたことを言えば、お義母さんは一瞬きょとんとした。

そして次の瞬間、私の不安を豪快に笑い飛ばす。

「何を言い出すかと思えば。貴女《あなた》は春馬にとって大事な人だし、私たちにとっても大事な人なのよ。それに六つの差でしょ？　さほど離れていないじゃない」

「そ、そうでしょうか……」

「そうよ。私はね、咲良さん。春馬がずっと恋焦《こ》がれていた相手と結ばれて、本当に嬉しいの。それだけで充分よ」

「ありがとうございます！」

「こちらこそありがとう。春馬をよろしくね。強引なところはあるし、年下のくせに生意気だろうけど、末永くよろしく頼みます」

「そ、そんな！　こちらこそよろしくお願いします」

ペコペコと頭を下げている私に、お義母さんは目尻にたっぷり皺《しわ》を寄せてほほ笑んだ。

「本当、貴女と会えて嬉しいわ。何だかとっても感慨深いわね、春馬」

「うるさいよ、義母さん。それ以上は言わないこと」

「あら、ケチね」

何か含みがあるように感じたが、それよりも緊張で口がカラカラになっている方が気になる。

紅茶を口に含んで喉《のど》を潤《うるお》し、ひと息つく。

「咲良さん。うちの馬鹿息子のこと。くれぐれもどうか、よろしくお願いします」

やっと泣き止んだお義父さんが、目を真っ赤にして頭を下げた。慌てた私は背筋を伸ばし、頭を下げ返す。

「とんでもないです。私の方こそよろしくお願いします」

「いえいえ、こちらの方こそよろしくどうぞ」

「いえいえ」

ずっと続く私たちのやりとりを見て、春馬君とお義母さんはケタケタと笑う。

この場に流れる幸せな時間に、さらに涙が出そうだ。

春馬君と想いが通じ合い、こうして彼の家族に温かく迎えてもらえた。それがとても嬉しい。

それからお茶の時間を共にしたあと、私と春馬君は大橋家を出た。

お義父さんとお義母さんは夕ご飯も一緒にと誘ってくれたが、春馬君が断ったのだ。

『今日、咲良はかなり緊張していたんだ。いきなり長い時間だと咲良も疲れてしまうだろうから、今日は帰る。少しずつお互いを知っていけばいいだろう？』

そう言った春馬君に、お義父さんたちも納得し、それでお開きとなった。

「心配する必要なかっただろう？」

家に帰る途中、車を運転する春馬君は笑いながら聞いてきた。私は迷わず頷《うなず》いたが、今度は別の心配が頭をもたげた。

私にはまだ解決すべきことがある。

それは、金沢さんのことだ。昨夜の様子を見る限り、諦めてくれたとは思えない。

むしろ春馬君と顔を合わせたことによって、変な闘争心が芽生《めば》えてしまったようにも感じる。

愛人になってもいいなんて言葉を、金沢さんの口から聞くことになるとは思ってもみなかった。

それに、堀田さんの問題も残っている。

楚々《そそ》とした大和撫子《やまとなでしこ》の印象とは裏腹に、彼女は積極的な人だった。

宣戦布告《せんせんふこく》にもビックリしたが、上司であるアヤ叔母《おば》さんに報告する潔《いさぎよ》さにも感心させられる。

それだけ彼女は春馬君が好きだということなのだろう。

そんな彼女の強い気持ちに、私は勝つことができるのか。

私は春馬君が好きだ。生まれて初めて抱く感情に戸惑いつつも、幸せを感じている。

だから春馬君を誰にも渡したくない――そんな独占欲を再確認しながら、運転する彼を盗み見た。

ヤキモキしていると、春馬君が思い出したように口を開く。

「ああ、そうだ。近いうちに式場で衣装合わせしなくちゃな」

「あ、うん。そうだよね」

一度は私のせいでキャンセルしてしまったが、早くしなければならないだろう。

いつにしようかと春馬君と話していたら、スマホの着信音が聞こえた。春馬君のスマホからだ。

「あ、電話だ。ちょっとコンビニに寄ってもいいか?」

「うん、もちろん」

鳴り響く着信音に、何故か胸騒ぎがする。私がキュッとスカートの裾《すそ》を握っていると、車はコンビニの駐車場に停まった。

サイドブレーキを踏み、春馬君は電話に出る。

「はい、大橋です」

ドキドキしてしまうほど大人っぽい声で、つい聞き入ってしまう。

きっと仕事の電話だろう。無関係な私がここにいては邪魔になる。

車から降りて、少しの間コンビニに行こうか。そう思ってシートベルトに手をかけようとしたときだった。

「どうしましたか、堀田さん」

その言葉に、私は動きを止めた。

電話の相手は堀田さんのようだ。いけないとわかっていても、つい聞いてしまう。

春馬君の言動からは、特に堀田さんが春馬君に迫っている様子はない。

内容は、私がドタキャンをしてしまった衣装合わせをいつにしようかということみたいだ。

春馬君は電話を切ったあと、「衣装合わせの日時はいつにするかっていう確認の電話だった」と話してくれた。警戒する必要はないことはわかっている。だけど……

「そうだね。いつがいいかな」

私は不安で苦しくなる胸を誤魔化《ごまか》しながら、春馬君に笑顔を向けた。

＊＊＊

休み明けの月曜日の夜。私はカンナちゃんのお宅にお邪魔していた。

「なるほど。ついに処女を卒業か」

「カンナちゃんってば！」

大きな声であっけらかんと言うカンナちゃんの口を、慌てて押さえる。

私が買ってきたクッキーを食べながら、金沢さんとカンナちゃんが我が家に来たあとの出来事などを報告していたのだ。会社で報告しなくてよかったと胸を撫《な》で下ろす。

「そんなに慌てなくてもいいだろう。誰も聞いてないし」

「そういう問題じゃないよ。恥ずかしいから。そういう言い方はやめてください」

メッとカンナちゃんを窘《たしな》めたが、懲《こ》りていない様子だ。

ムスッと膨《ふく》れていると、彼女はテーブルに肘《ひじ》をつき、私の顔をジッと見つめてくる。

どうしたのかと首を傾《かし》げれば、カンナちゃんは感慨深そうに笑う。

「少し前までは結婚の〝け〟の字も言わなかった咲良が、自分の意思で結婚を決めたか」

「カンナちゃん？」

「人間変われば変わるということだな。咲良は、いい婿さまに出会った」

「うん」

春馬君のことを褒《ほ》められると、私もとても嬉しい。顔が熱くなるのを感じながら、小さく頷《うなず》く。

カンナちゃんはクッキーをひとかじりしたあと、もぐもぐと口を動かしつつ思い出したように笑った。

「それにしても咲良の婿さま。あれはなかなか厄介《やっかい》なヤツだな」

「厄介？　何のこと？」

　カンナちゃんが春馬君と顔を合わせたのは、あの日が初めてだ。数分だけだったし、挨拶《あいさつ》程度しか話していない。

　それなのに何を厄介だと言うのだろうか。私は首を捻った。

　そんな私を見て、カンナちゃんがしみじみと続ける。

「一筋縄《ひとすじなわ》ではいかない雰囲気だ。少し話しただけだが、あの意思の強さ、強引さ。どれもこれも咲良の手に負える男ではない」

「断言ですか?」

「ああ、断言できるな。思い当たる節《ふし》はないか?」

　確かに少々強引なところはあるし、その点については春馬君のご両親も指摘していた。

　しかし、いつもなんだかんだで私に、選択肢を与えてくれていると思う。

　困ったような顔をする私に、カンナちゃんはプハッと噴き出した。

「まぁ、お互いさまかもしれないな」

「お互いさま?」

　一体どういう意味なのか。頭の中がクエスチョンマークでいっぱいになる。すると、カンナちゃんはクッキーを口に放り投げながら私を指さした。

「咲良も一筋縄ではいかない女だと、婿さまも思っているはずだからな」

「そうかなぁ……私は単純だと思うけど」

難しく考えるのは苦手だし、テンパってしまうと何もできない。私をいいようにするのは簡単なはずだ。

カンナちゃんだって日頃、私をそう分析しているのに、どうしてそんなことを言うのだろうか。

不思議に思っていると、それが表情に出ていたのか。カンナちゃんは首を横に振った。

「違う。そういう意味じゃない」

「どういうこと？」

「何度も何度も言っているけどな。どんなにあからさまにアピールしようがアプローチしようが、鈍感な咲良は気が付かないってこと」

「そんなことないと思うけど？」

「あるんだな、これが。婿さまはかなり苦戦を強《し》いられたはずだ。婿さまから恨《うら》み節《ぶし》を聞かなかったか？」

「うっ……」

カンナちゃんの言う通り。

そのことについて春馬君は〝恨み節〟炸裂《さくれつ》だった。

無言を肯定の意味にとったらしい。カンナちゃんは、「やっぱり」と呟《つぶや》き、肩を震わせて笑った。

「お前たちは、なかなかいいコンビかもしれないな。強引な婿さまに、鈍感な嫁」

「カンナちゃん！」

いじけた私は、自分が買ってきたクッキーをむしゃむしゃと食べ出す。

もう、カンナちゃんにはあげない。ツンとそっぽを向く私に、カンナちゃんは突然笑いを止める。

「カンナちゃん？」

気になってそちらを見ると、カンナちゃんが、まじめな顔をしていた。

「金沢さんのことは心配するな。咲良の気持ちもわかっているはずだし、何より金沢さん自身も自分がどうするべきか、わかっているはずだ」

「うん……」

「あのときは愛人になってもいいと言っていたが、あれは本心ではないと思う」

「カンナちゃん」

「金沢さんは、金沢さんなりにケジメをつけるはずだ。だから、咲良は見守っていればいい」

今日、私は金沢さんと顔を合わせていない。金沢さんは出張に出ているのだ。

「それに、金沢さんも今は忙しくてそれどころではないんだろう。今、一つのプロジェクトが大詰めを迎えていてな。営業部は目が回るほどの忙しさだ」

そう言ってため息をつくカンナちゃんの横顔も、疲れ切っているように見える。

無理しないでね、と声をかけたところ、カンナちゃんはニヤッと笑った。

「大丈夫だ。心配するな、咲良。お前と婿さまの結婚式までにはプロジェクトも終わっているはず。晴れやかな気持ちで出席できるぞ」

「うん、ありがとう。カンナちゃん」

お礼を言う私に、カンナちゃんは大きく頷《うなず》く。

結婚式は来週だ。

今まで考えたことがなかった自分の結婚式、それも好きな男の人と結婚式を挙げることになるなんて……

しかし、まだ穏やかな気持ちで結婚式を迎えることはできそうにない。

金沢さんのこともだが、堀田さんのことも気になるからだ。

式場での打ち合わせなどには堀田さんも同行するだろうと考えていた。しかし、彼女は私に宣戦《せんせん》布告《ふこく》して以降、顔を出していない。

それがまた不気味で、イヤな予感がする。

そんな中、少しだけ私を安心させているのは、このところ春馬君が仕事をセーブして、早く帰ってきてくれることだ。

彼が私の傍《そば》にいてくれる。それだけで何て心強いのだろう。

カンナちゃんの家から戻ると、春馬君は笑顔で私を出迎えてくれた。

「咲良。明日も忙しくなるから、早く寝よう」

「うん、そうだね」

思いが通じ合ってから、私は自分のベッドを使うことはなくなった。

春馬君が用意した大きなベッドで、彼の体温を感じながら寝る。そのぬくもりが私の精神安定剤だ。

自室で着替えていた私は、チラリと自分のベッドを見て、「一人じゃもう眠れないかもなぁ」と考えてしまう。そう思ったら急に恥ずかしくなって、足早に部屋をあとにした。

第六章

今日は結婚式前日のため、私は半日有休を取ってブライダルエステへ行った。

これは、アヤ叔母《おば》さんの命令である。

エステには、今までもアヤ叔母さんに誘われたことがあったが、気後《きおく》れして行けずにいたのだ。

しかし、明日は自分たちの結婚式。少しでもキレイになって春馬君の隣に立ちたい。

その一心でエステへ行くことにしたのだ。

人生初めてのエステは、とても気持ちよくて、うっとりしてしまった。

友人たちがエステに行ったとか、ネイルケアをしただとか聞いて「ふうん、凄《すご》いなぁ」と思っていたが、自分がやってみるとお姫様になったような気分だった。

ネイルケアとネイルアートもしてもらったので、チラリと自分の指先を見てみる。可愛く飾られた指先は、自分の手ではないようだ。

「ふふ、可愛い」

アクセントにクリスタルガラスを付けた指は、光に当たるとキラリと輝く。

こうして自分を磨き、キレイにしていく作業はとても楽しいし、ワクワクする。

それも自分のためだけじゃなく、誰かのためにキレイになりたいと思うなんて、今まで一度もなかった。

私は三十路《みそじ》前にして、女子力というものをやっと意識できたようだ。

しかし、フワフワと浮かれてばかりいられないのが現状である。

何しろ、あれから未だに金沢さんと顔を合わせていないのだ。

出張からは帰ってきたが、意図的に避《さ》けられているのか、見かけることはない。

カンナちゃんにそのことを伝えると、金沢さんはきちんと会社には来ていると教えてくれた。

ということは、やっぱり避けられていると考えて間違いないだろう。

先輩、後輩として、金沢さんには昔からよくしてもらってきた。だからこそ、こんな状況は辛く悲しい。

元通りになればいいのに、と思うのは私のエゴだろうか。

もし、私が金沢さんの立場だとしたら……。当分は顔を合わせたくないと考えるはず。

だから、金沢さんから私たちの結婚式を欠席したいと申し出があれば、いつでも受け入れるつもりでいた。

だけど、前日になってもそんな連絡はこない。カンナちゃんもそのことについては何も言っていなかった。

金沢さんは明日来てくれると思っていていいのだろうか。

(それは虫がよすぎるよね)

私は自虐的《じぎゃくてき》に小さく笑った。

仲良くしてくれていた先輩に出席してもらえないのはとても寂しいが、それも仕方ない。

その上、堀田さんのこともわからずじまいだ。それとなく春馬君に様子を窺《うかが》うのだが、取り合ってくれない。

『咲良がヤキモチ焼いてくれるのが、すっごく嬉しい』

そう言ってニヤニヤ笑うだけ。何の情報も得ることができないし、悩みの解決にもいたらない。

私の知らないところで、堀田さんは春馬君と接触しているのだろうか。

それとも、春馬君には何もしていないのか。

あれこれ想像するたびに、どんどん悪い方へ考えが進んでしまう。

私は色々な感情を抱き、考えながら歩いて家路へ就いた。

春馬君は早めに帰ってくると言っていたので、すでに家にいるだろう。

腕時計で時間を確認すると夜七時を回っている。

春馬君から、夕食を作って待っていると先ほどメールが入っていたことを思い出す。以前作ってくれたカレーはとても美味《おい》しかった。今日は何を作って待っていてくれているのだろう。

想像するだけで、心がほっこりと温かくなる。

（さぁ、早くおうちに帰ろう）

きっと春馬君はお腹をすかせて待っているに違いない。

玄関にやって来て、いつものように鍵《かぎ》を開けようとした。だが、鍵は開いていた。

「あれ？　春馬君。鍵をかけ忘れちゃったのかな？」

私に対して『不用心だから、必ず鍵はかけるように』と何度も言っていたはず……

それなのに鍵が開いているのは不自然だ。

私は首を傾《かし》げつつパンプスを脱ぎ、スリッパに履《は》き替える。

パタパタと足音を立ててリビングへ続く廊下を歩く。そして中にいるであろう春馬君に声をかけた。

「春馬君、ただいま。ごめんね、ちょっと遅くなっちゃった」

そう言いながらリビングの扉を開けると、とんでもない光景が私の目に飛び込んできた。

（え？　え？　どういうこと。これって、どういうこと？）

自分の目を疑い、ゴシゴシと手の甲で擦《こす》るが、見える光景は先ほどと一緒だ。

「あら、咲良さん」

「堀田……さん？」

――堀田さんが春馬君を床に押し倒し、馬乗りになっているところだった。

堀田さんは右手で春馬君の口を覆《おお》い、左手で彼のネクタイを緩《ゆる》めている。

呆気《あっけ》にとられて立ち尽くしている私に、堀田さんは魅惑的《みわくてき》な笑みを浮かべた。

「うふふ、咲良さん。今、取り込み中ですのでお引き取りいただけますか？」

「と、取り込み中って！」

確かに取り込み中だろう。だって、明らかに堀田さんは春馬君を襲《おそ》おうとしているのだから。

「咲良さんは邪魔しないでください。あの日、私は大橋さんのことを好きだと言いましたよね。それなのに貴女《あなた》は私を止めなかった」

「っ！」

その通りだ。ギュッと手を握りしめる私を見て、堀田さんは勝ち誇《ほこ》ったような顔をした。

「つまり、私が大橋さんにアプローチしても問題はないということですよね？」

問題ある。ありすぎる。

だって私は春馬君のことが好きだ。堀田さんに横から奪《うば》われたくない。

彼女から宣戦布告《せんせんふこく》されたとき、私は自信がなかった。

キレイでおしとやかな堀田さんと、和風美丈夫《びじょうふ》な春馬君。

二人が並んだ姿は、悔しいけどとてもお似合いだと思ってしまったからだ。

だからこそあのとき、自信を持って彼女を止めることができなかった。

だけど今は違う。

慌てて反論しようとすると、口を押さえられもがいていた春馬君が、堀田さんの手を払って彼女を睨《にら》んだ。

「ふざけるな、怪力女」

「まぁ、怪力女だなんて。人聞きの悪い。護身術をたしなんでおりますので、少しの力で殿方を押し倒すことが可能というだけですわ」

花が綻《ほころ》ぶように笑う堀田さんを、春馬君はより強く睨み付けた。

彼女は「仕方がないですわね」と苦笑しながら、春馬君の上から降りてソファーに座り直す。

堀田さんは、私と春馬君をゆっくりと見つめ、口角をクイッと上げてほほ笑んだ。

その笑みはとてもキレイなのに恐ろしく、背筋に悪寒が走った。

身体を起こした春馬君は、堀田さんに険《けわ》しい顔を向ける。

「……ふざけるな」

先ほどと同じ言葉を春馬君が呟《つぶや》いた。

いつもの彼からは想像もつかない低い声なのに、堀田さんはどこ吹く風で涼《すず》しい顔をしている。

一旦は春馬君から離れてソファーに座った彼女だが、しゃがみ込んでいる春馬君にもう一度近づいた。

堀田さんは春馬君の肩に触れようと手を伸ばす。それを見た私は咄嗟《とっさ》に叫んだ。

「やめてください！」

慌てて二人の間に滑《すべ》り込み、強引に離した。

もう一度近づこうとする堀田さんを阻止するため、私は春馬君の前に立ち塞《ふさ》がる。

必死だった。こんなふうに誰かに立ち向かうなんて、今までしたことがない。

足が震えてしまうけれど、ここをどくわけにはいかない。

グッと唇を引き結び、私は堀田さんを見つめる。

ジッと私の顔を見つめ返していた堀田さんだったが、ふと視線を外し、私の背後にいる春馬君に視線を向けた。

「君島社長から、お二人の想いが通じ合ったと聞きました。でも、大橋さん。もう一度考えてみてくれませんか。私は貴方《あなた》が好きです。簡単に諦め切れません」

春馬君は答えない。堀田さんが言葉を続ける。

「簡単に諦めることができるのなら、こうして咲良さんがいないときを狙って大橋さんを襲《おそ》いにきませんわ」

「……嘘をついていたのか？」

春馬君は私の肩を掴《つか》み、グイッと引っ張る。

私はそのまま春馬君の腕の中に倒れ込み、彼に抱き締められた。

ゆっくりと伝わる春馬君の温もりに、震えが少しずつ落ち着いていく。

「ええ。私は結婚式全般についてのスケジュールをすべて把握《はあく》しておりますから。今日、咲良さんがブライダルエステに行っていることも知っておりました。だから、咲良さんがまだ戻ってこない時間を狙って行動を起こしたんですもの」

「よくもまぁ、そんな平然な顔をして言えるよな。アンタは」

笑顔を絶やさない堀田さんに、春馬君は嫌悪感をむき出しにして言葉を吐く。

「咲良と明日の結婚式のことで相談したいって言うから、家に上げたんだ」

「ええ」

「それなのに、これは一体どういうことだ？」

チラリと私の顔を見たあと、堀田さんはもう一度ソファーに深く腰かけた。

先ほどの視線は、私の顔色を窺《うかが》っているようで気分が悪い。思わず眉間に皺《しわ》が寄ってしまう。

春馬君が責め立てても、堀田さんは何も話さない。それに痺《しび》れを切らしたのは春馬君だった。

大きく息を吐き出した春馬君は、立ち上がってソファーに座る堀田さんを見下ろす。

「理由を言わないつもりか。それならさっさと帰ってくれ。アンタは俺に考え直せと言うが、俺は初めから咲良しか見えていない。アンタに何を言われても気持ちは動かない」

言い切る春馬君をチラリと見たあと、堀田さんはわざとらしく息をついた。

そして、肩を竦《すく》めてやれやれと首を横に振る。

「初めての打ち合わせのとき、咲良さんは私たちを見て逃げ出したんですよ。大橋さんの隣に立つのが恥ずかしくて、私と張り合うのが怖くて」

「っ！」

堀田さんの言葉が胸に突き刺さる。

二人で談笑する姿がとても絵になっていて、自分の姿があまりに無様《ぶざま》に見えて……恥ずかしくなって逃げ出した。

あのときの気持ちを思い出し、胸が締め付けられて痛むのと同時に頬《ほお》が熱くなる。

俯《うつむ》く私を、堀田さんは嘲笑《あざわら》う。

彼女は、キレイな足を組み替えてソファーに背を預けた。

「ねぇ、大橋さん。私がこうして大橋さんの傍《そば》にいても何も言わない意気地《いくじ》なしを、大橋ヘルシーの次期社長夫人の座に据《す》えるおつもり？　咲良さんには荷が重くないでしょうか？」

自信満々の堀田さんを、春馬君はフンと鼻で笑う。そして腕を組んで彼女を睨《にら》んだ。

「アンタなら軽々とできると言いたいのか？」

「ええ。誰が見ても一目瞭然《いちもくりょうぜん》だと思いますけど？　咲良さんと私の差は」

クスクスと笑う彼女を見て、私は顔を歪《ゆが》めた。

私の心境を感じ取ったのか、堀田さんはわざとらしく眉を動かす。

「大橋さんは彼女を解放してあげるべきですよ。おかわいそうに。身の丈にあった恋愛をするべきじゃないかしら。そうしないと将来、辛い思いをすることになります」

優しい口調で話す堀田さんだが、言っていることは辛辣《しんらつ》だ。

フッフッと身体の奥から怒りが込み上げてきて、パチンと弾《はじ》けた気がする。

春馬君が何かを言う前に、私はテーブルを力強くバンと叩いていた。

シーンと静まり返ったリビングで、私は声を張り上げる。

「確かに私は何もできないし、取り柄《とりえ》もないです。見た目だってキレイとは言えないことはわかっています。弱虫だし、危機管理はできないし、臨機応変《りんきおうへん》に物事を処理できないし。だけど！」

スッーと息を大きく吸って、私は堀田さんに力強く宣言した。

「私は春馬君が好きです。その気持ちだけは誰にも負けません！　堀田さんには渡しません‼」

思いの丈を叫んだ私は、恥ずかしさで顔が紅潮していくのが自分でもわかった。だけど、後悔していない。

肩で息をする私を見て、堀田さんはにっこりと笑うとソファーから立ち上がった。

「はい、合格です」

「え？」

「これが君島社長の最後のテストでした。大橋さん、咲良さん。お疲れさまでした」

「は？　え？　どういうこと？」

堀田さんが言っている意味が全くわからない。

私は、ポケッと口を開けたまま立ち尽くす。

しかし春馬君はすぐに理解したらしく、ハァーと長く息を吐き出した。

「まだ君島社長のテストは続いていたのか」

「その通りです。今回は大橋さんに向けてではなく、咲良さんに向けてでしたが」

その言葉に、春馬君と思いが通じ合った日。彼が話してくれたことを思い出す。

アヤ叔母《おば》さんは春馬君が私にふさわしい男か調べるために、色々なテストをしていたという話だった。

しかし、私向けとはどういうことなのか。

理解できず、きょとんと目を丸くしている私を見て、堀田さんは艶《あで》やかな笑みを浮かべた。

「君島社長が、ずっと大橋さんの査定をなさっていたことは聞きましたか?」

「あ、はい」

慌てて頷《うなず》く私に、堀田さんは優しく目を細める。

「今回のことも君島社長からの抜き打ちテストでした。私が迫ることで大橋さんが揺れたらダメ。そして咲良さん。貴女《あなた》が怒り出さなかったら不合格でした」

堀田さんが私に宣戦布告《せんせんふこく》したのは演技で、アヤ叔母さんに報告したというのも作戦だったということか。

ホッとしてその場に崩れるように座りこむと、堀田さんは嬉しそうに笑った。

「今の咲良さん。お会いしたときとは全然顔つきが違います。ステキになられましたね」

「堀田さん」

慈愛溢《じあいあふ》れる堀田さんの声を聞いて、ジンと胸が温かくなった。

泣きそうになって慌てて口元を手で隠す私に、堀田さんは深々と頭を下げる。

「今までの数々の無礼、申し訳ありませんでした。しかし、こうして笑顔でお二人を祝福できて私はとても嬉しく思います。おめでとうございます。末永くお幸せに」

考えてみれば、色々腑《ふ》に落ちないことも多かった。

堀田さんの突然の宣戦布告《せんせんふこく》もそうだが、それを簡単に許したアヤ叔母《おば》さんも、おかしいなとは思っていたのだ。

でもアヤ叔母さんが突拍子《とっぴょうし》もないことをするのは昔からなので、今回も私には理解できない考えがあるのかと思っていたのだが……

まさかこんな結末が待っていただなんて。

座りこんでいる私に手を差し出した春馬君は、クックッと楽しげに笑った。

「咲良、格好よかった。惚れ直した」

「嘘ばっかり！」

どう見ても私をからかっている。

私は眉間に皺《しわ》を寄せ、春馬君を睨《にら》み付けた。だが、彼は甘ったるい笑みを浮かべ私を抱き締める。

「嘘じゃない。ありがとう、咲良。俺の貞操《ていそう》を守ってくれて」

「て、貞操って！」

恥ずかしさのあまり顔を伏せる私を見て、春馬君も堀田さんも笑っていた。

（もう恥ずかしい。でも、よかった）

真っ赤になっているだろう顔を隠しながら、私はホッと胸を撫《な》で下ろす。

「さて、私はこれで」

一件落着とばかりに、堀田さんは満足げな表情を浮かべた。

「君島社長からの伝言です。結婚式を終えて、少し落ち着いたら温泉に行こうとのことでした」

嬉しそうにほほ笑む堀田さんを、私は玄関まで送る。その途中、思わず聞いてしまった。

「堀田さん、凄《すご》く嬉しそうですね？」

「ええ、とっても嬉しいですわよ。私、貴女《あなた》の恋を後押しした恋のキューピッドの気分ですわ。実は、お節介を焼くのが大好きなんです」

確かに堀田さんというライバルが出現したおかげで、早くに春馬君に想いを告《つ》げることができた。

感謝するべきなのだろうけど、迫真の演技すぎて、私は少しだけ堀田さんを疑っていた。

本当に、アヤ叔母さんの命令で演技をしていただけなのだろうかと。

私の不安な気持ちを悟ったのか、堀田さんはおもむろにスマホのディスプレイを私に見せてくれた。

「まだ咲良さんは私を疑っているようですね。きちんと大橋さんのことが好きではないという証拠をお見せしましょう。私のダーリンです」

「ダ、ダーリン……ですか⁉」

堀田さんのスマホのディスプレイには、確かに男性が映っている。それも堀田さんとの熱烈キスシーンだ。

ウェディングドレス姿の堀田さんと、白いタキシード姿の旦那さま。

その旦那さまは、春馬君と正反対のタイプで驚いた。

「ね？　心配することはないでしょう？　私のダーリン、熊さんみたいでキュートだから。私、身体が大きくてがっしりしている人が好きなのです。大橋さんは線が細すぎてダメダメですわ」

「そ、そんなことないです！　春馬君は、とってもステキなんですよっ！」

春馬君をけなされたように感じ、思わずむきになって叫んでしまう。だけど、すぐに堀田さんにからかわれたとわかり、ジワジワと顔が熱くなる。

恥ずかしくてスカートの裾《すそ》をギュッと握りしめて俯《うつむ》く私に、堀田さんは笑いながら声をかけた。

「では、明日。式場でお待ちしております」

「は、はい」

「でも、一つ忠告です」

「え？」

顔を上げた私に、堀田さんは意味深に耳打ちした。

「今日は眠れないかもしれないですが、遅刻だけはしないように」

どういう意味ですか、と問いかけたのだけど、笑顔でかわされる。そして、堀田さんは出て行ってしまった。

どういう意味だろう、と首を捻《ひね》りながらリビングに戻った私は、すぐに堀田さんの言葉の意味を知ることになった。

リビングに入った直後、春馬君にソファーで抱き締められてしまったのだ。

「待って。ねぇ、春馬君」

「待てない」

「あのね、明日は結婚式だよ。家を七時には出ないといけないの」

「わかっている。大丈夫、俺が起こしてあげるから」

「そうじゃなくてね」

「それと心配しないで。身体にキスマークは付けないから」

ダメだ。春馬君は全く聞いてくれない。このやりとりの間も、彼の愛撫《あいぶ》は止まらない。

彼はチュッと音を立てて軽くキスをしたあと、舌を使っていやらしく唇を舐《な》める。

唇の柔らかさを確認するように、甘噛《あまが》みされた。

ゾクゾクと背に走る快感。甘い予感に、私の身体は春馬君に支配されそうになる。

いや、でもダメだ。ここで流されたら、明日寝坊をしてしまう。

「春馬君。ダ、ダメだよ。明日は結婚式だから、早く寝なくちゃ」

「無理！」

「無理って。ちょっと、春馬君!?」

私は甘い痺《しび》れで座っていることができず、ズルズルと床へ滑《すべ》っていく。そんな私を、
春馬君は床に押し倒した。

見上げると、そこには色っぽすぎる春馬君の顔がある。紅潮した頬《ほお》は彼の感情をすべて映し出しているようだった。

「我慢できない」

「春馬君？」

「煽《あお》ったのは咲良だからな」

「わ、私!?」

私がいつ、彼を煽ったというのか。考えるが、特に思い当たらない。

困惑する私に顔を近づけ、春馬君は頬ずりしながら呟《つぶや》いた。

「あんな口説《くど》き文句、大声で叫ばれて我慢できるわけないよ」

「口説き文句？」

「何？　自覚ないわけ？」

全然ない。コクコクと頷《うなず》く私に、春馬君は艶《つや》っぽい声で囁《ささや》く。

「私は春馬君が好きです。その気持ちだけは誰にも負けません！　堀田さんには渡しません」

「っ！」

「こんなカッコイイ口説き文句ある？　あのとき堀田さんがいなかったら、速攻押し倒していたね」

そう言い切る春馬君の声はとても真剣で、私は胸を大きく高鳴らせた。

「大好きだよ、咲良」

「春馬君」

「ずっと好きだった。ずっと、ずっと、ずっと……好きだったんだ」

「ねぇ、春馬君」

一年前に私と出会って恋をした。春馬君はそう言っていたはず。

だけど、時折それより前に出会っていたんじゃないかと思う言動がある。

そのことについて聞こうと思ったのだが、質問を阻《はば》むように彼の唇が私の口を塞《ふさ》いだ。

「ふっ……んんっ！」

軽いキスを繰り返していた春馬君は、「我慢の限界だ」と呟《つぶや》いたあと、キスを深くする。

ぬるりと舌が口内に入ってきて、私のすべてを奪うように吸い付く。

そして、何度も何度も舌を絡《から》ませ合う。

激しいキスの繰り返しで、息が乱れてしまった。

これ以上は無理だ、と彼の背中を叩いたが、春馬君は一向にキスをやめてくれない。

もう一度、トントンと若干強めに背中を叩くと、やっとやめてくれた。

ゆっくりと唇が離れた瞬間、銀色の糸がツーッと伸びて切れる。

その光景がまた淫《みだ》らな感じで、ドキドキした。

「咲良は俺とエッチしたくないの？」

「そうじゃなくてね、春馬君」

捨てられた子犬みたいな瞳で見つめられたら、いいよと頷《うなず》きたくなる。

困ったなぁと眉を寄せる私に、春馬君は必死に言い募《つの》った。

「俺はしたい。ずっとしていたい。結婚式をキャンセルして抱いていたい」

「は、春馬君⁉」

「それに咲良のウェディングドレス姿は俺だけが堪能《たんのう》したい。他の男どもに見せたくない」

「ストップ！　もう、春馬君ってば。それ以上は言わないで」

どうして、と首を傾《かし》げる様子は年下の男の子といった雰囲気で、反則的に可愛い。

ああ、もうどうしたらいいのだろう。こんなに可愛い男の子なのに、ドキドキするほど大人っぽい声色で囁《ささや》かれたらひとたまりもない。

恥ずかしいけど、好きな人に求められて嬉しい。本音では、このまま抱かれたい気分だが、さすがに明日は結婚式。目の下にクマをつくるのはゴメンだ。

ダメだよ、と諭《さと》すように言うと、春馬君は唇を尖《とが》らせたあと、大きくため息をついた。

「頭ではわかっているんだ。明日寝坊したら困るし、疲れたまま咲良を結婚式に行かせたくはない」

「うん」

「だけど、抱きたい。この気持ちもわかってくれる？」

「う、うん」

これだけ情熱的に求められれば私だって悪い気はしない。戸惑いながら小さく頷くと、春馬君は安心したように口元を綻《ほころ》ばせた。

「じゃあさ、咲良」

「はい」

「折衷案《せっちゅうあん》ということで、一回だけならＯＫ？」

「ちょ、ちょっと待って。折衷案って」

「だから、咲良は寝不足になるのがイヤなんだろう？　で、俺はどうしても咲良を抱きたい。二人の意見の中間地点として、一回だけでエッチをやめておこうという」

いやいや、ちょっと待って。これのどこが折衷案なのか。どう考えても春馬君寄りの意見だと思う。

異議を唱える私に、春馬君は至極《しごく》真剣な面持《おもも》ちで言い切った。

「本当は何度も咲良を抱きたい。だけど一回で我慢する。ほらね、折衷案だろう？」

「全然ちがーう！」

困り果てる私に構わず、春馬君は魅惑的《みわくてき》な笑みを浮かべて首筋に舌を這《は》わせた。

「ほら、抵抗しても無駄。咲良を抱かせて……お願い」

「っ！　は、反則だよ!!」

ゾクゾクするほど色っぽい声で囁《ささや》かれたら、気持ちがグラグラと揺らいでしまう。

私は春馬君の誘惑に……負けた。

「咲良……咲良。もっと、もっとだ」

「っふぁ……ンン！」

「ほら、舌を出して？　そう、いい子だ」

春馬君に促《うなが》され、おずおずと舌を出す。すると彼の唇がそれを食《は》んだ。

その途端ゾクリと背中に快感が走り、私はギュッと彼の腕を掴《つか》む。深いキスに目眩《めまい》を起こしそうだ。

私が苦しまないように、春馬君は時折唇を離して息をさせてくれたが、すぐに息が上がってしまう。

「ひゃあ……ふぁ……っンン！」

深いキスをしたまま、春馬君の手は私の身体をゆっくりと愛撫《あいぶ》していく。

淫《みだ》らでいやらしいその動きは、私の羞恥心《しゅうちしん》と快感を高めた。

春馬君の手は、服の上から胸の頂《いただき》に触れ、キュッと軽く摘《つ》まむ。

突然襲《おそ》った強烈な刺激に、私は背を反《そ》らした。

「ここ、気持ちいい？」

「っ……ぅあん、春馬……っくん」

「ほら、言って。咲良。気持ちいいって、もっとしてほしいって言って」

そんな恥ずかしいこと言えるはずがない。フルフルと首を横に振ると、春馬君の指が私の服の中に侵入する。

「俺を欲しがる咲良が見たい」

「そ、そんなぁ」

無理だよ、と再び首を横に振ると、今度は春馬君の指がブラジャーの中に入ってきた。

彼の指はふにふにと胸の柔らかさを堪能《たんのう》するような動きをしたあと、ツンと主張している頂《いただき》を見つけ出したようだ。

擦《さす》るみたいに指で触れて、プクリと膨《ふく》れた頂をゆっくり捏《こ》ねる。

そのたびにビクッビクッと身体が震えて、恥ずかしい声が上がってしまう。

「ほら、咲良。腰が揺れているよ？　エッチするのは二回目なのに淫乱だな」

「や、やだぁ。そんなこと、言わないで」

甘ったるい声を零《こぼ》す私に、春馬君は「可愛い」と何度も囁《ささや》いて耳元で吐息を漏《も》らした。

「本当はあの夜から何度も咲良を抱きたいと思っていたけれど、自粛《じしゅく》していたんだぞ」

「自粛？」

私が吐息混じりに呟《つぶや》くと、春馬君はばつが悪そうに頷《うなず》いた。

「だって咲良は仕事に行きたいだろう？」

「もちろんだよ」

どうしてそんなことを言い出したのか。目をパチパチと瞬《しばたた》かせていたら、春馬君は私の首筋を甘噛《あまが》みしてきた。

「きゃっ……っん」

私の鎖骨をペロリと舌で舐《な》めたあと、呟く春馬君の声は妙に可愛かった。

「だって咲良を抱き締めていたら、絶対に離したくなくなるし」

「え？」

「抱き潰《つぶ》して咲良が会社に行けなくなったら怒られるだろう？」

私の顔を覗《のぞ》き込む春馬君の瞳は潤《うる》んでいて、それだけで胸がキュンと高鳴った。

男っぽい一面もあり、大人の仕草が似合うけど時折年下の顔も覗かせる。

クルクルと変わる春馬君の表情に、私はすっかり溺《おぼ》れてしまった。

もっと彼を近くに感じたくて、春馬君の頰《ほお》に手を伸ばす。

少しだけ伸びたヒゲがチクチクする。線が細い和風美丈夫《びじょうふ》の春馬君が男性だということを強く意識させられてしまう。

「チクチクして痛い？　ちょっと伸びてきちゃったかな」

クスクスと笑う春馬君の吐息が、手に当たってくすぐったい。

私はううん、と首を横に振ったあと、大胆にも彼の首に腕を回し、自分の方へ引き寄せた。

「春馬君」

「何？」

「あのね……好きです」

最大級の勇気で呟《つぶや》いた。

そしてギュッと抱き締めて、ゆっくりと春馬君の頬《ほお》に唇を寄せる。

チュッと控えめなリップ音を立てたあと、彼から離れたのだが、すぐに捕まってしまった。

「だから。咲良はどうしてこうなんだ！」

「え？」

「俺の心臓を壊すほど威力あること言っておきながら、すぐに逃げようとする」

「べ、別に逃げようだなんて」

「キスしたあと、すぐ離れようとしたじゃないか」

「え？　でも、だって……その」

頬にキス。それが私なりの精一杯だ。それ以上を求められても困ってしまう。

春馬君に押し倒された状態で、私は「無理、無理」と手を顔の前で振る。

「無理じゃない。ねぇ……咲良。もっと俺を欲しがって？　もっと咲良に大胆に迫ってほしい」

「っ！」

それこそ無理な話だ。ボンッと真っ赤に熟《う》れた私は、春馬君を熱っぽく見つめるしかできない。

すでにキャパシティーいっぱいであることは、間近にいる春馬君にはわかっているだろう。

彼は私の顔を覗《のぞ》き込んでプッと噴き出したあと、優しく囁《ささや》いた。

「ごめん、咲良。無理強《むりじ》いしすぎたかな？」

「私、そういうの慣れていないから……」

「了解。でも、少しずつでいいから俺を欲しがって」

春馬君の唇が私の鼻のてっぺんに触れた。唇にキスをされるのかと思ってドキドキしていたのに、当てが外れてしまった。

「キス……唇にしてほしかったな」

「え⁉」

「え……えっ⁉」

秘めていた願望が、思わず口に出てしまったようだ。

慌てて取り繕《つくろ》おうとしたが、すでに遅い。

春馬君は嬉しそうに目尻に皺《しわ》を作った。

「そうだよ。そうやって俺を欲しがって」

「は、春馬君」

「恥ずかしがる咲良も可愛いけど、キスをせがむ咲良はもっと可愛い」

最高に可愛い嫁さんだ、と耳元で囁《ささや》きながら春馬君は私の服を脱がしていく。

ブラジャーとショーツだけの姿は、蛍光灯の光によって春馬君には鮮明に見えているだろう。

恥ずかしくなって手で隠そうとしたが、手早くブラジャーとショーツも脱がされ、抱き起こされる。

「キレイだ、咲良」

「春馬君」

「明日、ウェディングドレスを着て俺の隣に立った咲良も、凄《すご》くキレイだろうな」

そう言った春馬君はチュチュッと何度も軽いキスをし、私の目を覗《のぞ》き込む。

負けずに彼の目を見つめ返すと、瞳には淫《みだ》らに蕩《とろ》けた顔の私が映っている。

(ああ、私。春馬君とエッチしているとき、こんな表情なの?)

ドキドキが抑えきれず春馬君に抱きつこうとしたのだが、やんわりと止められた。

どうして、と目で訴えれば、春馬君はゆっくりと首を横に振る。

「ダメ。もっと咲良を見させて? 抱きつかれるのも嬉しいけど、今は視覚でも咲良を愛したい」

そう呟《つぶや》く春馬君の目は、淫らに甘く情熱的だ。

私の胸が大きく高鳴ると同時に、春馬君の愛撫《あいぶ》は激しくなっていく。

「っふぁぁぁん！　いやぁ……あっ」

ぷっくりと主張する胸の頂《いただき》に、春馬君は唇を寄せる。

チュッと吸われたかと思うと、今度は舌で捏《こ》ねくり回された。

同時に胸が形を変えるほど揉《も》まれ、慌てて後ろに手をつく。そうしていないと我慢できないほどの快感だった。

しかし、その体勢をとったことで、春馬君に胸を差し出すような形になる。

「咲良、大胆だな」

「うやぁ……ち、ちが」

「違ってもいいけどね。食べちゃうから」

「はぁっ……ぁん」

今度は反対側の胸の頂に唇を寄せ、軽く歯を立てられた。

ビクンと身体がしなると、春馬君は私の両胸を寄せ、その谷間に顔を埋《う》める。

胸に当たる熱い吐息が、私の羞恥心《しゅうちしん》をかき立てる。私は、彼にされるがままだ。

春馬君は私を抱き締め、ゆっくりと床へ押し倒す。すると、今度は私の膝《ひざ》の裏を持ち上げて大きく広げた。

「やぁ、恥ずかしい」

「恥ずかしがらなくたっていい。ほら、蜜がたっぷり溢《あふ》れてキラキラしている」

「は、春馬君っ！」

「美味《うま》そう……」

春馬君は舌を出し、ペロリと口の周りを舐《な》める仕草をした。それが色っぽくて、思わず見惚《みと》れてしまう。

今なら恥ずかしさで気を失うことができそうだ。ただ、こんな格好のままで意識をなくすわけにはいかない。

慌てて足を閉じようとするのだけど、春馬君の身体が入り込んできて閉じることができなかった。

「ほら、咲良。足を大きく広げて？」

「む、無理だよ」

「無理でもして」

「なっ！」

言葉をなくす私に、春馬君は腰が砕けてしまうぐらい魅惑的《みわくてき》な声で囁《ささや》いた。

「俺は咲良を気持ちよくしたい。それに俺も気持ちよくなりたい」

「っ！」

「だから……ほら、咲良。もっと足を広げて。俺を受け入れて？」

熱っぽい視線、ドキドキしてしまうほど情熱的な声。何もかもが私の理性を乱していく。

恥ずかしい、という感情はもちろんある。だけど、私は春馬君にすべてを捧げたかった。

震えながらゆっくりと足を広げると、春馬君は私の太ももを撫《な》で上げる。

それでいいんだよ、とかすかに笑い、春馬君は蜜が滴《したた》る秘所に顔を近づけた。

熱い吐息が当たると思った瞬間、ぬるりと生暖かい感覚が私の身体を支配する。

「ふぅあんんん！」

ビクビクと震える腰を、春馬君は逃がさないと言わんばかりに強く掴《つか》む。

ピチャピチャといやらしい音を立て、秘芽を舐め、舌で捏《こ》ねる。

そのたびに、何とも言えぬ快感が身体中を駆け巡っていく。

はふはふと息を吸うことしかできない私は、春馬君から与えられる甘い刺激を感じるばかりになっていた。

「甘いよ、咲良の蜜」

「や、やだぁ……言わないで」

「そんな涙声で言ってもダメ。俺を煽《あお》るだけだよ。わかっている？」

わからないよ、そんなの。そう呟《つぶや》きたいのに、私の口から漏《も》れるのは制止の言葉ではなかった。

「っ……もっと、して……」

そんな大胆な言葉が私の口から飛び出して、私自身も、そして春馬君も驚く。

「ち、違うの。そうじゃなくてね、あのね」

「咲良の本心が聞けて嬉しい。ねぇ、もっと欲しがってみせて？」

ジュジュッと蜜を吸う音が聞こえる。同時に秘芽も刺激され、私は背を反《そ》らした。

春馬君の指は蜜が滴《したた》る場所に入り込み、強弱をつけて中を愛撫《あいぶ》していく。

とある一カ所に指が触れると、あまりの快感に腰が浮いた。

「あああああっ、っはあ」

「ここ、気持ちいい？　ほら、これならどう？」

大きく反応した場所を指で擦《こす》り続けられて、頭の中が真っ白になる。

フワフワとどこかに飛んでいってしまいそうなほどの快感に、涙が流れてしまう。

「ほら、イって」

「きゃっん！　ああああああっ!!」

パチパチッと目の前が真っ白に弾《はじ》け、何度も身体を痙攣《けいれん》させた。

甘く痺《しび》れる身体は、もう力を入れることなどできない。

ハァハァと荒い息を吐く私を見て、春馬君は指についた恥ずかしい蜜をペロリと舐《な》めた。

その仕草は、顔が赤くなってしまうほど淫《みだ》らだ。

ドキドキしながら、私は彼を見つめ続けた。

「そんなに色っぽい目で見つめられたら、抑えきかなくなっちゃうな」

「色っぽい？」

「そう。今の咲良、めちゃくちゃ色っぽいよ。大人の色香っていうヤツ？　若造の俺はすぐに虜《とりこ》になるな」

（私じゃなくて、春馬君の方がよっぽど色っぽいのに）

乱れた息を整える私に、春馬君は「ちょっと待っていて」と言い残し、リビングを出て行く。

すぐに戻ってきた彼は、何かを手にしていた。スキンだ。

それをテーブルに置くと、春馬君はポイポイと服を脱ぎ捨てた。

鍛《きた》え抜かれた身体はとてもキレイで、直視できない。

やがてスキンのパッケージを破く音が聞こえた。これから起きる出来事を想像し、私の胸が破裂しそうになる。

「俺は用意できた。咲良は心の準備できた？」

エッチ初心者の私を気遣ってくれる春馬君だったが、返事をするのも恥ずかしい。

なんとか小さく頷《うなず》く私を見て、彼は私の足を大きく開き、いきり立った自身を私の中へ入れた。

「うんっ！　はぁぁっん」

「ヤバイ。めちゃくちゃ気持ちいい」

エッチ二回目では、私の身体はまだまだ順応していないようだが、前回のような痛みは襲《おそ》ってこない。

安堵《あんど》しながら、私に覆《おお》い被《かぶ》さる春馬君を見つめる。

「どうした？　咲良。痛い？」

情熱的な視線を私に注《そそ》ぐ春馬君に、私は小さく首を横に振った。

ドキドキしすぎて言葉にならない。ギュッと彼の身体に抱きつくと、春馬君は腰を大きくスライドさせた。

「きゃっ！　……ん！」

「まだ二回目だもんな。気持ちいいって思えないかな」

そんなことない。内部から伝わる春馬君の熱を感じるのは心地よかった。

まだこういう行為に慣れないけれど、幸せな時間であることは間違いない。

「大丈夫、幸せだから」

一瞬、言葉をなくした春馬君は、ギュッと私を抱き締めて耳元で囁《ささや》いた。

「俺も。凄《すご》く幸せ」

ゆっくりするから、と苦しそうに呟《つぶや》いた春馬君の頬《ほお》に触れた。

「どうしたの?」

「え?」

「凄く辛そう。大丈夫?」

そっと労《いたわ》るように春馬君の頬を擦《さす》る。すると、彼は我慢ならないといった雰囲気で眉をひそめ、頬を擦っていた私の手を掴《つか》んだ。

「春馬君?」

「あのな……咲良」

「何?」

「そんな澄《す》んだ瞳で見つめられると、罪悪感が湧《わ》いてくる」

ますますわけがわからない。未だに掴まれたままの腕を見て困惑する。

春馬君はハァと小さくため息をついたあと、困ったように顔を赤らめた。

「俺より年上のくせに、可愛すぎるって問題あるな」

「か、可愛い……?」

慌てる私に、春馬君は熱っぽい視線を向けてくる。

「調教しがいがあるけどね」

「ちょ、ちょ、ちょ」

「ふふ。調教ね」

とんでもない単語が飛び出してきて、言葉が出ない。私が口をパクパクさせている間に、春馬君は腰を奥に進めた。

突然訪れた痺《しび》れるような快感に、私は甘い喘《あえ》ぎ声を上げる。

「とりあえず、今は俺が咲良を目いっぱい可愛がる」

「あ、あのね、春馬君！」

「大丈夫。約束どおり一回にするから」

ニコニコと笑う春馬君を訝《いぶか》しく思って見つめていると、彼は悪魔みたいにほほ笑んだ。

とてもイヤな予感がする。

顔を引き攣《つ》らせる私とは真逆に、春馬君の顔には清々《すがすが》しいほどの笑みが浮かんでいる。

「たっぷり時間をかけて咲良を可愛がってあげる」

「ちょっと待って。一回だけって」

「だから一回だけ。俺がイかなければカウントされないだろう？」

それは違う、そう反論したかったが叶わず、鼻にかかった甘ったるい声が漏《も》れてしまうだけ。

「嘘。可愛がるけど、長くしていたら咲良疲れちゃうもんな」

ゆっくりと出し入れをしながら、春馬君は的確に私のいいところを突いてくる。

「はぁっ……ふぅんん！」

「でも、今日だけだからな。結婚式が終わったら……いっぱい咲良を堪能《たんのう》させて？」

今までで一番深く突かれて、腰が浮いてしまう。その腰を春馬君は両手で持ち、より深く突いてきた。

「やぁ、はぁ……ふぅん！」

「咲良……咲良っ」

何度も私の名前を呼ぶ春馬君の声は、少しかすれていてセクシーだ。

時折唇から漏れる声は、ドキドキするほど色っぽくて胸がキュンと締め付けられる。

「咲良、もう限界。一緒にイこうか」

身体と身体がぶつかる音と、淫《みだ》らな蜜の音がグチュグチュと聞こえる。

そのたびに中がキュッと反応し、彼を包み込む。

春馬君が動きを速くした。どんどん高みへ向けて加速していく。

「咲良……っ、好きだ」

「やっぁ……あああああんんっ！」

春馬君の切なくなるほど甘い声を聞きながら、私は高みへ昇りきった。

第七章

『本当は名残惜《なごりお》しいってわかっている？　ねぇ、もう一回しようか』

昨夜。春馬君は当初の約束どおり、エッチは一回だけにしてくれた。

とはいえ、そう言って魅惑的《みわくてき》な笑みを浮かべて誘惑してくるものだから、恋愛初心者の私は頷《うなず》いてしまいそうになった。だが、慌てて我に返って断ったのだ。

春馬君のお願いを聞いていたら、今日のこの日を無事に迎えることはできなかっただろう。

（よし。よく頑張った、私！）

元気に朝を迎え、私と春馬君は一緒に式場入りした。

春馬君とは違う部屋へ案内された私は、式場スタッフによって、ドレスアップしてもらう。

今日着るのはクラシカルなデザインに奥ゆかしさを感じ、一目で気に入ったドレスだ。

春馬君も「これがいい。絶対咲良に似合う」と太鼓判を押してくれたから、安心して着ることができる。

何度鏡を見ても別人だ。ウェディングドレス効果とメイクって、本当に凄《すご》い。

それを式場スタッフに話したら、おかしそうに笑われてしまった。

「今日は咲良さんが主役ですからね。とびっきりキレイになって目立ってしまいましょう」

そんなものですか、と鏡に映る自分自身を眺めていたら、中学の頃からの親友である〝りっちゃん〟が控え室に顔を出してくれた。

「おめでとう！　咲良」

「りっちゃん！　今日は来てくれてありがとう」

久しぶりに会う親友を前にして、緊張して強張っていた顔がほぐれていく。

結婚式の招待状が彼女のもとに届いたとき、ドッキリ企画だと思ったらしい。

それもそうだろう。なんせりっちゃんは、私が男性と二人きりで話すことが苦手なことも、男性と付き合った経験がないことも知っている。だから、とても心配してくれた。

その後、もちろん春馬君と想いが通じ合ったことも連絡した。そのとき、りっちゃんは自分のことのように喜んでくれた。

『咲良が幸せになるなら、私も嬉しいよ』

あの言葉は、今思い出してもジンと胸が熱くなる。

りっちゃんを見て涙腺が緩《ゆる》みそうになっている私に、彼女はニシシと悪戯《いたずら》っ子のような笑みを浮かべた。

「どうしたの？　りっちゃん」

「実はね、咲良。サプライズゲストを連れてきたんだよ」

「サプライズゲスト？」

春馬君から列席者名簿をもらって一通り目を通している。

新婦側で、抜け落ちしている招待客はいなかったはずだ。

誰だろう、と首を捻《ひね》っていると、りっちゃんが控え室の扉を開く。

そこに立っていた人物を見て、私は懐《なつ》かしさのあまり立ち上がった。

「先生！」

「咲良さん。お久しぶりですね」

「こちらこそ、ご無沙汰《ぶさた》しております」

私は慌てて頭を下げる。すると、先生はこちらに近づいてきて顔を覗《のぞ》き込む。

「ステキな花嫁さんだこと。天国にいらっしゃるご両親もさぞお喜びになられているわ」

私の記憶より皺《しわ》が増えたが、優しい笑みはそのままだ。

谷村《たにむら》先生。私が中学生のときに大変お世話になった先生だ。

先生が私の担任だった年に、お母さんが死んでしまい、途方に暮れていた私を支えてくれた恩人の一人である。

毎年かかさず年賀状は出してはいたが、フランス在住なのでなかなか会う機会がなく、こうして顔を合わせるは久しぶりだった。

結婚式にも招待したかったけれど、遠いところに住む先生に無理は言えないので、先日結婚するという手紙をしたためたのだが……

「ずっとフランスにいらっしゃったのでは？」

「ええ。定年時に赴任していた学校の創立記念行事に参加をしたくて、久しぶりに日本へ帰ってきていたの。そのときに律子《りつこ》さんとお会いして、ね？」

先生の目配《めくば》せに、りっちゃんはニッと口角を上げて笑った。

「そうなの。偶然お会いしてね。そのときに咲良の結婚の話題が上がったのよ。それで先生が是非おめでとうが言いたいと仰《おつしや》るから、咲良には内緒でお連れしちゃった」

「そうだったの！　凄《すご》く嬉しいです。ありがとうございます、先生。りっちゃん」

涙声でお礼を言う私の背中を、先生はあらあらと撫《な》でてくれた。

「泣いてはダメよ。お化粧が崩れちゃう。こんなおばあちゃんのせいでキレイな花嫁さんのお顔が崩れてしまったら、新郎さんに叱られてしまうわ」

優しい口調に、柔らかい物腰。やっぱり先生は変わっていない。

嬉しくて、鼻の奥がツンと痛んだ。

「咲良さんと最後にお会いしたのは、貴女《あなた》が就職したあと、学校でのボランティア活動でだったかしら ね？」

「はい、そうです」

「うふふ、教壇に立つ貴女が立派で、涙が込み上げてきたのを覚えていますよ」

「茶化さないでください。あれはりっちゃんの応援要員だっただけですし」

「そうそう。教師を目指していた律子さんが咲良さんを無理やり連れてきたんだったわね。でも、家庭科を教えてくれる子がいなかったから助かったのよ。ありがとうね」

私の手を握りほほ笑む先生に、私は首を横に振った。

母校でのボランティア。それは私とりっちゃんが卒業した中学で毎年夏休みに行われる、サマースクールのことだ。

夏休みの午前中、教室を開放して学生たちは思い思いの勉強をすることができる。

彼らの質問などを受けるのは、ボランティアとして募《つの》った卒業生たちだ。

基本的には教師を目指す大学生に声がかかるものなのだが、ボランティアの人数が足りないということで、私にお鉢《はち》が回ってきたのだ。

当時の私は教師を目指しているわけでもなかったし、すでに就職をしていた身だ。

最初は断ったのだが、りっちゃんに強引に誘われた。

ちょうど私のお盆休みとサマースクール開催の日にちがピッタリ合ったため、渋々一週間、初心者教師をすることになったのだ。

　あのときは大変だったが、今思い返せばよい思い出だ。

　中でも印象に残っている子がいる。

（鈴《すず》木《き》君って名前だったかな……だいぶ前のことで忘れちゃっているけど）

　ちょっと不良っぽい男の子で、私はサマースクール中、ずっとビクビクしていた。

　最初から最後まで机に突っ伏して寝ている金髪の男の子。サマースクールは自由参加だから、イヤなら参加しなくてもいいはずなのに、何故か出席だけはしていた。

（そうそう、昔住んでいた家のご近所だったんだよね）

　サマースクール終了日、彼と二人きりで話す機会があってそのことを知ったのだ。彼は今、どこで何をしているのだろう。

　思い出にふけっていると、先生は目尻にいっぱい皺《しわ》を寄せてほほ笑んだ。

「ああ、でも本当に感慨深いわ。あのときの二人が、まさかこうしていいご縁で結ばれるだなんて」

「え……？」

　先生の言葉の意味がわからず、私は首を傾《かし》げた。

　どういうことなのか。先生は春馬君を知っているようなそぶりだ。

　あのときの二人、とは何のことなのか。

「先生、あの……」

言葉の意味を知りたくて声をかけたのだが、ノックの音がしたので慌てて返事をした。

「あ、はい」

「咲良？　カンナだ。今、いいか？」

カンナちゃんの来訪に、先生は慌てて手にしていた包みを私に差し出した。

「これ、よかったら使ってちょうだい。ステキなカトラリーセットを見つけたの」

「ありがとうございます。嬉しいです」

思いもかけぬ再会とお祝いの品に、私はそれ以上言葉が出なかった。

それでも先生はわかってくれたようで、何度も小さく頷《うなず》いて背中を撫《な》でてくれる。

「私、しばらくは日本にいますから。よろしければお茶でもご一緒しましょう」

「喜んで！　また連絡させていただきます」

「ふふ、じゃあまたね」

「今日は来てくださってありがとうございました」

いいのよ、と小さく手を振り、先生はりっちゃんとともに控え室を出て行った。

そして入れ替わるように入ってきたのはカンナちゃんと、ずっと私を避《さ》けていた金沢さんだ。

「金沢……さん」

「久しぶりだな、君島」

それ以上は会話が続かなかった。

沈黙を破ったのは、カンナちゃんの一言だった。

「咲良。悪いけど、私も同席させてもらうぞ」

「カンナちゃん」

「咲良と金沢さんが二人きりでいたと婿さまの耳に入ったら、大事だからな」

確かにその通りだ。ありがとう、と心の中で呟《つぶや》きながらカンナちゃんに小さく頷く。

私に視線を向けたあと、カンナちゃんは金沢さんを促《うなが》した。

「ほら、金沢さん。覚悟を決めてきたんでしょう。とっとと、その覚悟を見せてやってください」

時間がないんですから、と時計を指さしてカンナちゃんは厳しい声で言う。

金沢さんは、そんなカンナちゃんを見て苦笑いを浮かべた。

「田尾は相変わらず手厳しいな」

「ずっと逃げ回って、私を手こずらせたからです」

「悪い、悪い」

「本当にそう思っているようには見えませんね」

辛辣《しんらつ》な態度のカンナちゃんに、金沢さんは肩を竦《すく》めて、口を開いた。

「咲良がずっと金沢さんとの関係に悩んでいるのに、その張本人が逃げ回るというのはけしからん！　白黒はっきりさせて振られてこい」

「え？」

「田尾が俺の首根っこを掴《つか》んで叫んだセリフだ。君島はいい友人を持ったな」

「金沢さん……カンナちゃん」

二人を交互に見つめる私に、金沢さんはポツリと呟《つぶや》く。

「君島、結婚おめでとう」

「かな……ざわ、さん？」

「もっと早くお前に言わなきゃいけない言葉だったんだよな」

私のウェディングドレス姿をまじまじと見つめ、金沢さんは小さく息を吐き出した。

「本当は、俺の隣で笑ってほしかったんだけどな」

寂しそうに言ったあと、金沢さんは慌てて取り繕《つくろ》う。

「あのさ、君島」

「は、はい！」

「あの言葉は撤回《てっかい》しないから」

「え？」

あの言葉とは一体どの言葉だろう。パッと頭に浮かんだのは『愛人になる』宣言をしたときの言葉だが……

さすがにあれは違うだろう。

ありえないと首を振る私に、金沢さんがあっさり言う。

「愛人になるっていうヤツ」

「か、か、金沢さん⁉」

私に祝いの言葉を言った人の口から出てくる言葉とは思えない。

パクパクと口を開閉してカンナちゃんを見ると、彼女は大きくため息をついて肩を竦《すく》めた。

私たちの行動を見て、金沢さんはプッと噴き出す。

しばらく金沢さんの笑い声を聞いていた私だったが、ハッとして声を荒らげた。

「どうして。そんなこと言うんですか？」

「おかしいか？」

「おかしいです‼」

ウェディングドレス姿で仁王立《におうだ》ち。きっと恐ろしく似合わないだろう。

慌てる私に対し、金沢さんはクスクスと楽しげだ。

「だってな、君島。しょうがないだろう？　お前が好きだし」

「ちょ、ちょっと金沢さん⁉」

先ほど祝いの言葉を言ってくれたのに、どうしてまだそんなことを言うのか。

思わず眉間に皺《しわ》が寄ってしまう。

そんな私を見て、金沢さんは困ったように呟《つぶや》いた。

「好きだから、結婚する君島におめでとうって言うんだ」

「え?」

わけがわからず脱力した私を、金沢さんは優しい瞳で見つめた。

「で、愛人の枠もそのまま置いておく」

「ですからね?」

「当分の間だけな」

「え?」

ニンマリと笑う金沢さんに毒気を抜かれて呆然《ぼうぜん》としていると、彼はスラックスのポケットに手を突っ込んだ。

「悪いけど、放っておけば他の女に現《うつつ》を抜かすぞ?」

「金沢さん」

それ以上言えない私を見て、金沢さんはコホンと小さく咳払《せきばら》いをする。

続けて、私の頬《ほお》を指でプニョと突いた。

「俺は君島のよき会社の先輩だ。その立ち位置でOK?」

「オ、オーケーです」

「あと、愛人枠は期間限定だから。お早めに」

茶目っ気たっぷりに言って笑う金沢さんを見て、私は涙が溢《あふ》れそうになった。

金沢さんの優しさが身に染みて、コクコクと言葉なく頷《うなず》くしかない。

「じゃ、式場で待っているな。おい、田尾。行くぞ？」

「はいはい、禊《みそぎ》は終わったみたいだな。じゃあ、咲良」

控え室をあとにしようとする二人の背中に、私は声をかけた。

「今日は来てくれてありがとう!!」

精一杯の感謝の気持ちを込めて言うと、二人は同時に振り返り、とびっきりの笑顔でピースサインをしてくれた。

「「どういたしまして」」

爽《さわ》やかな笑顔で手を振りながら、カンナちゃんたちは出ていった。

入れ違いに、気を利かして外にいた式場スタッフが部屋に戻ってくる。

「咲良さん。泣かれませんでした？」

「た、たぶん」

「化粧が崩れますので、ここぞという時までは我慢なさってください！」

「大丈夫……です！」

一瞬危なかったけど、すんでのところで堪《こら》えられたはずだ。

コクコクと頷《うなず》いたが、スタッフの真剣な眼差《まなざ》しが怖い。

ビクビクしていると、メイクチェックを終わらせたスタッフは、ニッと笑った。

「大丈夫でございます」

厳しいスタッフさんのお墨付きをいただき、胸を撫《な》で下ろした。

すると別のスタッフが控え室に入ってきて告《つ》げる。

「君島様の叔母《おば》様ですが、ゲストの皆様への挨拶《あいさつ》が終わったそうです。こちらにお呼びいたしますね」

「はい、よろしくお願いします」

メイクについて、プロ中のプロがお出ましのようだ。

でも、今日の私を見てアヤ叔母さんは褒《ほ》めてくれるはず。

ほんのちょっとだけど胸を張って今日を迎えた私に、アヤ叔母さんはキレイな顔で笑ってくれるはずだ。

私は椅子に腰かけ、いよいよ挙式の時間が近づいてきたことに胸を躍らせる。

すぐにトントンというノックの音がした。きっとアヤ叔母さんがやって来たのだろう。

私が「どうぞ」と返事をすると、黒留《くろと》め袖《そで》を着こなしたアヤ叔母さんが嬉しそうに控え室に入ってきた。

「咲良、キレイよ。本当にキレイ」

「アヤ叔母さん、ありがとう。でも、普段とのギャップがありすぎて浮いていないかな？」


アヤ叔母さんは私に対してキレイと、今まで言ったことがない。

それなのに、今日は何度も私をキレイだと言う。そのことが恥ずかしくて、思わず照れ隠しみたいに笑った。

だが、アヤ叔母さんは首を横に振る。

「アンタは姉さん譲《ゆず》りで可愛い顔をしているの。元がいいんだから、もっと手入れしないとずっと言ってきたでしょ？」

「叔母さん？」

「今のアンタはね。特に心が強くなったと思うわ。春馬君と出会ってから強くなった。違うかしら？」

アヤ叔母さんの言う通りだ。春馬君と出会ったおかげで、少しずつだけど成長しているように思う。

コクンと小さく頷くと、アヤ叔母さんは艶《あで》やかにほほ笑んだ。

「春馬君なら、咲良を成長させてキレイにしてくれる。そう確信したから、政略結婚と言って押し切ったのよ。私の勘はやっぱり当たったわね」

「勘って……」

苦笑する私に、アヤ叔母《おば》さんは「あら？」と眉を動かした。

「私は今まで自分の勘に頼って生きてきたの。私の勘は侮《あなど》れないのよ？」

確かにアヤ叔母さんは、自社を国内有数の化粧品会社にまで成長させた人だ。

と、言っても勘だけで生き残れるほど甘い世界じゃない。

ここまでアヤ化粧品を大きくできたのは、アヤ叔母さんの努力と、人を見る目があったからだろう。

「本当にこの子は世話が焼けるのだから。ほとほと困っていたのよ」

「そ、そう？」

「そうよ。私がいくら自分を磨きなさい。彼氏を作って青春を謳歌《おうか》しなさいって口を酸《す》っぱくして言ってもなかなか聞かないんだもの。姉さんに似て、結構頑固者なのよね、咲良は」

「……」

「アンタに任せていたら、何もせずに年を取ってしまいそうだったからね。咲良に合ういい人はいないかってずっと探していたのよ。そのときにタイミング良く現れたのが春馬君だったってわけ」

私の目に狂いはなかったでしょ、とキレイに笑うアヤ叔母さん。そんな叔母さんには一生頭が上がらないと苦笑して、私は深々と頭を下げた。

「アヤ叔母さん、今まで私を育ててくれてありがとう」

「いやね、この子は。育てたのは姉さんよ？」

慌てるアヤ叔母さんに、私は頭を上げてゆっくりと首を横に振る。

「もちろんお母さんも私を育ててくれた。だけど、お母さんがいなくなったあと、私を育ててくれたのは、ほかでもないアヤ叔母さんだよ？」

「咲良」

「今まで、本当にありがとうございました」

もう一度頭を下げると、アヤ叔母さんが抱きついてきた。アヤ叔母さんが私を抱き締めたのは、お母さんが死んだとき以来かもしれない。

「これで姉さんに報告できるわね」

「はい」

「きっと姉さんも義兄さんも喜んでいる……春馬君と幸せにね」

「はい！」

私はアヤ叔母さんに抱きつき返し、涙を流す。

肩が震えているのは、私だけではない。アヤ叔母さんもだ。しばらく二人して泣きじゃくってしまった。

ふとスタッフの人が言っていた言葉を思い出す。

『化粧が崩れますので、ここぞという時までは我慢なさってください！』

そう言っていたが、今がここぞという時だと思う。

結婚式は、愛する男性との誓いの場。だけど、同時に家族への感謝を伝える場でもあるはずだ。

私は、ずっと親代わりをしてくれたアヤ叔母《おば》さんに「ありがとう」と何度も呟《つぶや》いた。

＊＊＊

式は滞《とどこお》りなく終了し、あれから二週間が経《た》った。

バタバタしていたらあっという間に時間が流れてしまったというのが正直な印象だ。

やっと穏やかに春馬君と歩き出したんだ、そんな実感を今になって噛《か》みしめている。

今日、私たちはマンションでゆっくり休日を楽しんでいるところだ。

「どうした？　咲良」

春馬君が心配そうに顔を覗《のぞ》き込んできた。私は慌てて笑みを浮かべる。

「ううん。ねぇ、春馬君。お祝いをくださった方へお礼をしなくちゃね」

「そうだな。こういうのって何がいいんだろうな」

「んー、私も初めてのことだし。大橋のお義母さんに聞いてみた方がいいかもね」

「あー、そうだな。じゃあ明日、一緒に大橋の家に行ってみようか」

うん、と頷《うなず》く私を春馬君はギュッと抱き締めてきた。

視線をお祝いの品へ移す。そこには谷村先生からいただいたカトラリーセットがあり、
それを見て、ふと式場でのことを思い出した。

谷村先生が春馬君のことを知っているそぶりを見せたことを不思議に思っていたのだ。

二人は、面識があるのだろうか。

「春馬君。ちょっと聞きたいことがあるの」

「愛妻の声を聞くだけで幸せって、べた惚れすぎかなぁ」

「……」

うっとりと目をつぶり、私の膝《ひざ》にゴロンと頭を乗せた春馬君。

私が固まって無言で見下ろしていると、彼は楽しげに笑った。

「で、どうした？　咲良」

やっと話を聞く気になってくれたらしい。だけど膝の上からはどく気はなさそうだ。

私が未だにこういったスキンシップに慣れないことを知っていてやるのだから、春馬君は意地悪だ。

どいてほしいです、と言ってみたものの、やっぱりそんな気はないらしい。

それどころか彼の手は私の太ももを擦《さす》り、その奥へ侵入してこようとする。

本当に油断も隙もない。

ペチンとその手を払いのけると、春馬君は仕方がないといった様子で起き上がった。

ホッとしつつ、私は先生からいただいたカトラリーセットを指さす。

「このカトラリーセットなんだけどね」

「うん。へぇ、格調高い雰囲気の品だな。これ誰からもらったの？」

カトラリーセットを開いた春馬君は、「お返ししなくちゃなぁ」と呟《つぶや》いた。

そんな彼を見つつ、私は話を続ける。

「えっとね、中学の時の恩師なの」

「恩師……」

春馬君の手が一瞬止まる。どうしたのかと不思議に思ったが、私は春馬君の様子を窺《うかが》いながら話を続けた。

「挙式の前に、先生がお祝いを持って会いに来てくれたの。とっても久しぶりでね。凄《すご》く嬉しかった」

りっちゃんには感謝してもしきれない。久しぶりに谷村先生にお会いできたのはりっちゃんのおかげだ。

「谷村先生って言うんだけど、フランスにいる息子さん夫婦のところで暮らしているの。

だけど当分は日本に滞在するって言っていたから、お返しを渡すためにお会いしたいなぁ」

「そっか」

どこかホッとした様子の春馬君を見て、私は首を傾《かし》げる。

「どうしたの？」

「え？」

「何か私、変なこと言ったかな？」

明らかに様子がおかしい春馬君の顔を覗《のぞ》き込むと、彼はわざとらしく笑い、視線を逸《そ》らす。

ますます怪《あや》しい。

「私に何か隠しごとしていないですか？」

「っ！」

「いい機会だから聞いてもいい？　あのね、春馬君。時々私のことを昔から知っているような発言や素振りをするよね？」

春馬君の目をジッと見ながら尋問《じんもん》したが、そこはやっぱり春馬君だ。

彼はふわりと笑い、その話題をかわす。

「そうか？」

「そうだよ！」

「咲良の気のせいじゃないか？」

「気のせいじゃない！」

なかなか折れない私に、春馬君はニッと意地悪く笑った。

「それは昔から好きだったと錯覚《さっかく》するほど、咲良を愛しているからじゃないかな？」

今度は甘い言葉で、私を黙らせる作戦に出たようだ。

だけど、どう見ても春馬君の様子はおかしい。

窮地《きゅうち》を脱するためにひねり出した感満載だ。

騙《だま》されません、という思いで春馬君を見つめていると、彼はあからさまに目を逸《そ》らした。

「さぁて、咲良。昼飯どうしようか。たまには外に食べに行く？」

「……」

「今日は天気がいいから、弁当でも買って公園で食べるのもいいかもな」

「……」

「えっと……咲良、さん？」

黙り込んだ私を困ったように見つめている春馬君。私は立ち上がって厳しい声で彼を呼んだ。

「春馬君！」

「は、はい」

「人には誰しも言えない秘密があるとは思う」

キッと睨《にら》み付けると、春馬君は背筋をピンと伸ばした。

「春馬君が隠そうとしている秘密は、そんなに私に知られたくないものなの？　それなら諦めます」

「あのな、咲良――」

「だけど、何かおかしい。春馬君は、いつもそんな態度を取らないもの」

何か言おうとする春馬君を制止し、私は続けた。なんだかもう、止まらなかった。

「咲良、待って。話を！」

「もういいです。春馬君が隠し通したいと思っていること、無理やり聞いちゃってごめんなさい」

「だから、咲良。わかったから、泣かないで」

泣いていません、と目を擦《こす》りながら言うけれど、我ながら説得力がない。

きっと今の私は、情けない顔をしているはず。

ただ、春馬君にはぐらかされて悲しかったのだ。

「ごめんなさい。だだっ子みたいだよね。恥ずかしい……」

「咲良、違うんだ。あのな……」

春馬君が私に近づいてきたが、それをやんわりとかわした。

「ごめんね、春馬君。私、少し頭を冷やしてくるね」

「ちょっと待て、咲良！」

制止する春馬君の腕を振り払い、私はカバンを手に外へ飛び出す。

どれぐらい歩いただろうか。無我夢中で目的地もなく歩いたから、思った以上の距離かもしれない。

それでも尚《なお》、足を止めずにいると着信音が響く。

もしかしたら春馬君かもしれない。慌ててカバンの中を探り、スマホを取り出した。

「え？　谷村先生？」

電話の主は谷村先生だ。慌てて電話に出たところ、聞き慣れた穏やかな声が聞こえた。

『咲良さん、こんにちは。急なお話なのですけれど、今からお時間あるかしら？』

「え？」

『無理にとは言えないのだけど。どうかしら？』

「時間ならあります」

気持ちを整えて、早くマンションに戻った方がいいのはわかっている。

だけど、まだ春馬君と顔を合わせたくない。

（もう少しだけ、時間をちょうだい。春馬君）

あとで春馬君にメールしておけば問題ないだろうと判断し、私は谷村先生の誘いに乗ることにした。

＊＊＊

「先生！」

「咲良さん、こっちよ」

空港のカフェでゆったりと紅茶を飲んでいる先生を見つけ、私は思わず大きな声で呼んでしまった。

店にいた人たちが一斉に私を見たことに気が付き、頭を下げて謝罪する。

身を小さくし、スゴスゴと先生のもとへ行くと、先生は楽しげに笑う。

「ふふ。相変わらずね」

「え？」

「何か思い悩んでいるときや、急な出来事が起きて対処できないとき。貴女《あなた》は落ち着きがなくなるもの」

「す、すみません」

さすがは先生。十年以上も前の生徒なはずなのに、私の短所を覚えているとは。恥ずかしさのあまり、私は肩を落とした。すると、先生が苦笑して口を開く。

「それにしても、急にごめんなさいね」

「いえ。でも、いきなりフランスに帰られるなんて……」

「そうなの。もうしばらくは日本にいる予定だったのだけど、主人が帰ってこいって煩《うるさ》くてね」

「ご主人と仲がよろしいのですね」

ほほ笑ましくなってそう言うと、先生は困ったように肩を竦《すく》めた。

「もうね、いつまでたってもしょうがない人なの。私が姉さん女房だから、どうしても世話を焼いてしまうのよね。あら、咲良さんのところも私と同じね？」

「うちも私が年上ですけど、春馬君の方がしっかりしていますから。逆転しています」

「あら、そうかしら。大橋君も手のかかる人よ？　男の人はね、見栄を張りたいの。好きな女の人には特にね」

「は、はぁ」

「今回の件もそう。行く前はね、こんな機会はなかなかないから半年ぐらい滞在してきてもいいって言っていたのよ。でも、いざ私がフランスを離れると早く帰ってこいって。困った人でしょう？」

うふふ、と楽しげに笑った先生は、軽く手を上げ優雅にウェイトレスを呼んだ。

「咲良さん。何を飲まれるかしら？」

「えっと、それじゃあ……同じものを」

先生が飲んでいた紅茶を指さし、ウェイトレスに注文した。注文を聞いたウェイトレスはそのまま厨房《ちゅうぼう》の方へ下がっていく。

その様子を見て、私は背筋を伸ばした。

「私、春馬君……えっと主人と喧嘩《けんか》してしまって。いえ、その……違います。私が一人でカーッとなっちゃって」

「ほらほら、咲良さん。貴女《あなた》は慌てていると実力の半分も出せない人よ。落ち着いて周りを見てご覧なさい。大丈夫よ」

おっとりと優しい声音で諭《さと》される。やっぱり先生は何年たっても穏やかな人だ。

先生の周りはとても温かい空気があって、誰もがほんわかと優しい気持ちになれる。

ゆっくりと息を吸い、心を落ち着かせようとしていると、先生はクスクスと楽しげに笑い出した。

「どうかされましたか？」

「いいえ。ただ、嬉しくてね」

「嬉しい……ですか？」

先生の笑みの理由がわからず、はて、と首を傾《かし》げる私に、先生は茶目っ気たっぷりにほほ笑んだ。

「結婚式の日にも言ったと思うのだけど。まさかあの二人が、こうして時を超えて夫婦になるとは思ってもいなかったのよ」

「……！　先生、あの——」

まさに、私がずっと疑問に思っていたことだった。

先ほども、春馬君のことを『大橋君』と先生は言っていなかっただろうか。

先生に聞けば、その言葉の意味を教えてもらえるだろう。

だけど、そうしたら春馬君が隠したがっていた過去を聞いてしまうことになる。

聞きたい。だけど……

そう逡巡《しゅんじゅん》していると、先生が口を開いた。

「まだ、ダメよ？」

「え？」

「種明かしは自分でするって言っていたから」

ウェイトレスが紅茶を持ってきた。すると先生は「さあ、召し上がれ」とニコニコと笑いながら私に促《うなが》す。

先生の笑顔は「これ以上は何も言わないわ」と言っているようで、私は渋々ティーカップを手にした。

ふんわりと香り立つ甘い香り。この茶葉は何だろう。紅茶を一口飲んで、やっと落ち着いてきた。温かさを堪能《たんのう》し、添《そ》えられていたミルクを紅茶に落とす。そして砂糖をスプーンに一杯。

クルクルとティースプーンでかき混ぜていると、突然背後から抱き締められた。

驚いてスプーンをソーサーに落としてしまい、カチャンという音が響く。

よかった、割れていない。ホッとしている私の耳元で、荒い息が聞こえる。

「よかった。咲良だ」

「えっと……春馬君？」

どうしたの、と問いかけようとしたのだけど、胸がいっぱいで何も話せない。

心配して駆け付けてくれたのだろうか。先生から電話があったあと、私は春馬君にメールを一通だけ送信した。

『恩師から電話がありました。今日フランスに帰られるそうなのでお会いしてこようと思います。もう少し心が落ち着いたら帰ります』

きちんと行き先を告げてきたはずだが、どうして春馬君はホッとしたような表情をしているのか。

ポカンと口を開いている私を、春馬君は恨《うら》みがましい目で睨《にら》み付けてきた。

「何だよ、あのメール」

「え？　何か気に障《さわ》ることを書いちゃったかな？」

「書いちゃったかな、じゃない。もう帰ってこないかと思った」

「え？　ちゃんと帰るって書いたけど？」

一人で勝手に怒って家を飛び出す。考えてみたら、とても子供じみていた。

だからこそ、〝もう少し心が落ち着いたら帰ります〟という文面も付け加えたのだけど……

はて、と首を傾《かし》げる私を見て、春馬君はガックリと肩を落とした。

「いつ帰るかは書いてなかっただろう？」

「え？」

「心が落ち着くのが明日なのか、それとも一ヵ月後なのか。心配になるだろう!!」

「ご、ごめんなさいっ!!」

確かに時間は書いてなかった。心配するのも仕方がないだろう。

しかし、そこまで春馬君が心配してくれるなんて思わなかった。

私を必要としてくれている。そういう存在がいることは、とても幸せだ。

嬉しさを隠せず、頬《ほお》が緩《ゆる》んでしまう。

「バカ、咲良。そこ、笑うところじゃないだろう!?」

「ご、ごめんなさいっ」

「もう帰ってこないかと思ったじゃないか！」

「本当にごめんなさい」

申し訳なくて頭を何度も下げる私と、怒っている春馬君に、先生は朗《ほが》らかに笑った。

「仲がよくていいわね」

「先生」

眉をひそめて先生を見つめる春馬君の様子で、私は確信した。

やっぱり春馬君は、谷村先生を知っているようだ。

春馬君は私の隣の席に腰を下ろし、ウェイトレスが持ってきた水を一気に呷《あお》る。

そしてフゥと大きく息を吐いたあと、先生に向かって頭を深々と下げた。

「谷村先生。咲良を引き留めてくださり、ありがとうございます」

「うふふ。私はフランスに行く前に貴方《あなた》ともお話ししたかったから電話をかけただけ。ちょうどタイミングが合っただけよ？」

「それでも、です。先生が咲良を引き留めてくれなかったら、どこかに雲隠れしてしまったかもしれませんから」

「あら、大橋君。自信がないのかしら？　咲良さんはもう、名実ともに貴方の妻でしょ？」

意地悪くウィンクする先生を見て、春馬君はムッとした表情をした。

「自信？　そんなものないですね。咲良を想っていた時間が長すぎて、好きの比重が咲良とは全然違いますから。重いですよ、俺の気持ちは」

「あらら。中学生のときの勢いはどこにいってしまったのかしら？」

「先生、それは言わないでください。反抗期だったんですから」

ばつが悪そうに苦笑する春馬君を見て、先生はクスクスと楽しげに笑う。

「あのヤンチャだった男の子が、こんなに立派になるだなんてね。長生きはするものね」

「何を仰《おつしや》っているんですか。先生はまだまだ若いですよ」

ありがとう、とゆったりと笑い、先生は紅茶を口にした。そのあと、一人のけ者にされていた私に視線を投げてくる。

「さぁ、咲良さん。そろそろ大橋君に種明かしをしてもらいなさい。きっと驚くから」

「驚く、ですか？」

「ええ、そうよ。大橋君の本気が見えるはずだから。覚悟なさいね」

「か、覚悟……」

「そうよ。うふふ、大橋君の愛をしっかりと受け取っておあげなさいな」

謎の言葉を口にした先生は、腕時計を見て慌てて腰を上げた。

「あら、いけない。そろそろ出国手続きをしなくちゃ」

「もうですか」

先生とゆっくり話ができなかった。それに結婚祝いのお返しだって。名残惜《なごりお》しい。それが私の顔に表れていたのだろう。

春馬君は私の頭をゆっくり撫《な》でてから、先生に笑って言った。

「新婚旅行は落ち着いたら行く予定ですが、そのときは先生に会いに行ってもいいですか？」

驚いて春馬君を見つめると、彼はニッと笑って私を抱き締めた。

嬉しさで涙が滲《にじ》む目尻を指で拭きながら、私も先生に笑いかける。

「今度、会いに行かせてください」

私たちの顔を交互に見つめていた先生は、優しくほほ笑んで頷《うなず》いた。

＊　＊　＊

「春馬君、どこ行くの？」

「俺の原点かな」

「原点？」

谷村先生と別れたあと、電車を乗り継いでやってきたのは、私が中学生まで育った街だった。

その後は、お母さんが亡くなってしまったので、アヤ叔母《おば》さんのマンションに移り住んだのだった。

生まれ育った家は、すでにもうない。私が社会人になった頃、区画整理で取り壊されてしまったからだ。そのため、この街に来るのは久しぶりである。

キョロキョロと駅前を眺めていると、だいぶ風景が変わっていることがわかる。

区画整理前にはなかったお店やビルに、キレイに舗装《ほそう》されて区画された公園。見るものすべてが新鮮に映る。

ただ、時折見覚えのある懐《なつ》かしい風景に出会うと、それだけでふるさとに帰ってきたという気持ちになった。

しかし、どうして春馬君はこの街に私を連れて来たのだろうか。疑問ばかりが浮かんでくる。

春馬君の足が止まった場所を見回す。

「ここは……？」

「俺の生まれ育った家があった跡地。区画整理でさ、取り壊して広場になったんだ」

キレイに区画された、新興住宅地の一角。銀杏並木《いちょうなみき》通りといった感じで、黄金色の葉がヒラヒラと風と一緒に舞い散っている。

そこには子供たちが元気に遊ぶ広場があり、春馬君はその広場をジッと見つめ静かに立つ。

昔、ここに春馬君のおうちがあったのか。この景色を眺めていると、私の脳裏《のうり》に昔の記憶がよみがえってきた。

(私、この場所に来たことがある!)

だいぶ景色は変わってしまっているが、所々記憶の片隅《かたすみ》に面影《おもかげ》がある。

私が通っていた中学校区内だから。来たことがあってもおかしくないのだが――おそらく中学生の頃の記憶じゃない。いつだろうか。

喉元《のどもと》まで来ているのに、思い出せない。

唸《うな》り続ける私を見て、春馬君は大声で笑った。

「ねぇ、咲良。思い出さない?」

「あのね。ここまで思い出したんだけど」

喉を指さしてあと少しだとアピールする私を見て、春馬君は小さく笑う。

「あと少しだな」

「そうなの、そうなんだけど……」

ぼんやりと頭の中に情景が浮かぶのだが、最後の最後で思い出せない。

ギブアップ気味の私を見て、春馬君は懐《なつ》かしそうに目を細めた。

「ずっとさ、咲良は言っていただろう？」

「え？」

「俺が一年前に咲良に出会ったって言ってもさ。咲良はもっと前じゃないのかって」

「ああ、うん」

その通りだ。時折だが、春馬君が昔を懐かしむような言動をしていたことが気になっていた。

何度も春馬君に聞いたが、そのたびにうまくかわされてしまい、うやむやになっていた。

「私と出会ったのが一年前というのは嘘でしょ？　本当に出会った日のこと、何度聞いても春馬君は隠そうとしていたよね？」

「そうだな」

「それって……私には隠しておきたかったってことだよね？　それなのに、聞いちゃってもいいのかな」

尻込みする私に、春馬君はクスクスとおかしそうに笑った。

「何だよ、咲良。聞きたかったんじゃないのか？」

「そうだけど。あれほど必死に隠そうとしていることを、本当に聞いちゃってもいいのかなぁと思って」

俯《うつむ》いて目を逸《そ》らす私の頭に、春馬君はゆっくりと触れた。

ポンポンと優しく撫《な》でる春馬君の大きな手。その気持ちよさにすり寄ってしまいたくなる。

彼の大きな手は私の頭をかき寄せ、大きな胸に抱き締められた。

「は、春馬君!?」

「今からめちゃくちゃ恥ずかしいこと言うから」

「え？」

「俺の初恋話。聞く勇気ある？」

春馬君の初恋の話。それはとても興味がある。

あるけど、どうして今、春馬君は初恋の話をするのだろう。

私が聞いているのは、私たちが初めて出会った日のことなのに。

不思議に思いながらも、私は小さく頷《うなず》いた。

「俺が中学二年生の頃だったかな。俺の両親が事故に遭《あ》って死んだのは」

「……そう」

「この前、大橋の家に行ったときに義母《かあ》さんが言っていただろう？　引き取られた親戚の家でうまくいかなかったって」

「うん」

苦しい過去だと思う。だけど、春馬君は淡々とその事実を私に聞かせた。

大丈夫だろうかと心配で、私は腕の中から春馬君を見上げる。

だけど、彼は優しい表情で広場を見つめていた。

「どこにも居場所がないって感じでさ。もうすっかり捻《ひね》くれていたんだよ、中学のとき。校則違反して髪を金色に染めていたな」

「金髪……」

「そう、金髪。みんなはきちんと黒髪なのに、俺は金髪で制服を乱して着ていた。そんなことしていたら、ますます居場所がなくなるのに」

「……」

「親戚の家と実家は近くてさ、校区内だったから学校は変わらなかった。だから俺がいきなり金髪にしてきたときには、誰もが驚いていたな」

春馬君は苦笑しながら、私をギュッと抱き締めた。

今、春馬君は昔を思い出し、辛い思いをしているのかもしれない。私は彼の背中に手を回した。

少しでも春馬君の気持ちが楽になりますように、そう願いながら彼の胸に頬《ほお》をすり寄せる。

「夏休みにさ、中学校で毎年恒例のサマースクールっていうのをやるんだよ」

「サマースクール……」

「教師を目指す卒業生がボランティアで勉強を見てくれるっていう」

「あ！」

私の脳裏《のうり》に、自分が参加したときの光景が一気によみがえってきた。もしかして……母校でサマースクールのボランティアをした時、そのクラスには確かに金髪の男の子がいた。それは、春馬君だったの？

春馬君の顔を見たいのに、未だに私は彼の腕の中だ。

「春馬君、離して？」

「ダメ。もうちょっと、このままで話を聞いていて」

お願い、と耳元で囁《ささや》かれてしまったら黙っているしかない。

私は、そのまま大人しく春馬君の腕の中で話を聞くことにした。

「別に全員参加でもないのにさ。俺はそのサマースクールに毎日行ったんだよ。親戚の家にいても居心地悪かったからさ」

「うん」

「実際サマースクールに行っても勉強する気なかったから、机に突っ伏して寝ていたんだ。そしたらさ、オドオドした挙動不審な女が声をかけてきた」

胸がドキドキする。私もそのことは覚えている。

サマースクール初日。明らかに異様な雰囲気を漂《ただよ》わせている男の子がいた。

みんながまじめだった分、彼はある意味とても目立っていた。

私は気持ちよさそうに眠っている彼に、一応声をかけたことを覚えている。

「サマースクール始まりますよ？　鈴木君、ってさ」

「……！」

「それだけだけどな。毎日言われ続けたんだ」

出席者のチェックをしなくてはならなかったから、私は彼に一日一回そう声をかけた。

不良っぽかった鈴木君に声をかけるのは勇気が必要だった。ただ、私より年下なんだからと、自分を勇気づけていたのだ。

懐《なつ》かしい記憶がよみがえってくる。

あの鈴木君は、もしかして……春馬君だったのだろうか。

「サマースクール最終日。俺は取り壊しが決定している実家を見に行ったんだ」

「うん」

「そしたらさ、サマースクールで毎日俺に声をかけてくる女に会った。その女も区画整理で実家の取り壊しが決まっているって言ってさ」

私は、あの頃を思い出しながら春馬君にしがみついた。

＊　＊　＊

「あのぉ。気持ちよく寝ているところ悪いんだけど。サマースクール始めますよ。いいですか？」

「あ？」

寝起きで不機嫌な顔。それに目つきも悪い。

容姿は整っているから尚《なお》、金髪が怖さを演出していた。

周りの学生も遠巻きに見るばかりで、彼に近づこうとする人はいない。

私を一瞥《いちべつ》したあと、再び眠りに入る鈴木君。毎日続くこれは、私にとって胃が痛くなるものだった。

そんなやりとりを続けたサマースクール最終日。

私は中学校付近にある、幼少期を過ごした自分の家へ向かった。

お母さんが死んで以降、アヤ叔母《おば》さんの家に住んでいるので、実家に帰るのは久しぶりだった。

当初は人の手に渡そうとも考えたが、住んでいなくとも思い出がたっぷり詰まった家だ。

やっぱり踏ん切りがつかなくて、叔母《おば》さんに頼んで維持してもらっていたが、そろそろ潮時《しおどき》だろう。

このあたりは都市計画ですべて立ち退きを強《し》いられている。だいぶ区画整理は進み、残っている家はわずか。

私の実家も来週には取り壊しが決まっている。その前にしっかりと目に焼き付けようと思ってやって来たのだ。

ゆっくりと歩いていると、見知った人物を発見した。

大きな家の前に男の子が立っている。鈴木君だ。

その姿を見て、思わず逃げ出したくなったが、逃げ出す前に彼に見つかってしまった。

「何だよ。こんなところまで来て」

「えっと、私は鈴木君が通っている中学の卒業生だよ。このあたりに家があるとしてもおかしくはないですよね？」

確かに、と笑いながら呟《つぶや》く声が聞こえた。

その笑顔はとっても柔らかくて、教室にいるときの彼とは雰囲気が違っていた。

おかげで、力んでいた身体がゆっくりとほぐれていく。

「坂の向こうに赤い屋根の家が見えるでしょ？　あそこが私の家なの。何年も人が住んでいないからボロボロだけど」

人が住まないと、家というものは荒れていく。それを目《ま》の当たりにして、胸が痛い。

「住めばよかったじゃん」

鈴木君が言った。その通りだ。だけど、それはできなかった。

私は悲しい気持ちを抱きながら、彼にほほ笑んだ。

「住めなくなっちゃったの。お父さんが事故で死んだあと、お母さんも病気で死んじゃってね。私は中学生のときに叔母さんに引き取ってもらったの。それで、あの家には住めなくなって……」

「……」

「思い出がたっぷり詰まった家だから、叔母さんに無理を言って残してもらっていたんだけど。区画整理じゃ仕方ないよね」

「そうか」

鈴木君と私は、坂の向こうにあるボロボロになってしまった一軒家を無言で見つめる。

ふと思い立ち、この場所にどうして彼がいるのか、聞いてみることにした。

「鈴木君の家は、ここなの？　もしかして区画整理で取り壊さなくちゃいけなくなるの？」

「ああ」

「寂しいよね。思い出がなくなっちゃうのは」

「そうでもねぇよ」

＊＊＊

強がりに聞こえた鈴木君の声。それを今、しっかりと思い出した。

私は弾《はじ》かれたように春馬君の腕の中から彼を見上げる。

「春馬君、もしかして大橋家に来る前の名字って……」

「そう、鈴木。鈴木春馬。中学二年のとき、人生に絶望していた金髪中坊だよ」

春馬君は腕を緩《ゆる》め、恥ずかしそうに目を逸《そ》らした。

「ここで咲良に会ったんだよな」

「うん」

「俺、お前に出会って人生変わったんだぞ？」

「え？」

どういう意味だろう。私は短期間ボランティアとして母校に通い、最初から最後まで寝ている彼に一日一度声をかけただけ。

あとは、この地で少し話しただけのはず。これといって接点もなかったのに。

首を傾《かし》げる私を見つめ、春馬君は「責任とれよ？」と口角を上げた。

「私、何を言ったっけ？」

「何だよ。ここで俺と区画整理の話をしたのは覚えているんだろ？」

うん、と慌てて頷《うなず》く。だけど、肝心な出来事が思い出せない。

困って春馬君を見上げると、彼は優しげに目を細めて私を見つめていた。

「私、勉強ができる方じゃないし、叔母《おば》さんの仕事を手伝えるわけじゃないから。ほかのことで恩返ししなくちゃいけない、って言っていたな」

「恩返し？」

「ああ。だって、こうやって前に進めているのは叔母さんのおかげだし。いつか役に立ちたいと思っているって言っていた。それがさ、めちゃくちゃキレイな目をして話すんだよ」

春馬君はゆっくりと私の頭を撫《な》でたあと、腰を屈めて私の顔を覗《のぞ》き込んだ。

「俺より六つも年上で、すでに社会人だっていうのにさ。ボランティアをしている咲良は大人って感じが全くしなかった。だけど、ここで君島社長のことを話す咲良は大人に見えたんだ」

「春馬君」

「この人も、俺と同じで両親をなくしているのに、どうしてこんなに輝いているんだろうって思ったんだ。で、俺もこの人みたいになりたいって考えたとき、どうすればいいのか道が開けた」

私の頬《ほお》にチュッとキスをしたあと、春馬君は真剣な顔をして言った。

「あのあと、速攻髪を黒色に染めて、大橋の家に行って頼んだんだ。俺を家族にしてくださいって」

「え……」

「この前、大橋の家に行ったときさ。義母《かあ》さんが言っていただろう？　咲良のこと、私たちにとって大事な人だって」

「う、うん」

小さく頷《うなず》く私に、春馬君はとびっきりの笑顔を向けた。

「咲良が俺にもう一度家族を作るきっかけをくれたんだ。俺にとっても、義父《おやじ》たちにとっても咲良は恩人なんだ」

空を見上げて、恥ずかしそうに笑う春馬君が印象的だった。

キラキラと眩《まぶ》しい笑顔で、でも少し恥ずかしそうで。キレイな横顔は、未来を見据《みす》えているように輝いていた。

「初恋だった」

「え？」

「俺の初恋の相手は咲良だったんだ。それに気が付いたのは、高校生になってからだったけど」

　恋に関しては奥手だったんだ、と耳を真っ赤にして春馬君は呟《つぶや》いた。

　その表情も仕草も、とても新鮮で、私はジッと彼を見つめ続ける。

「咲良が初恋だって気が付いても、今さらどうにもできなくてさ。新しい恋を探そうと思って色んな女を見てきたけど、どこかで〝この人じゃない〟って落胆して、どの相手とも続かなかった」

「……」

「咲良に再会したのはそんなときだった。咲良を見てすぐに感じたんだ。俺はずっと咲良を求めていたんだって。で、気が付いたら君島社長にお願いしていた。咲良が欲しいって」

　先ほどまでは春馬君が真っ赤な顔をしていたはずなのに、形勢逆転。今度は私が顔を真っ赤にさせる番だ。

　顔が熱くて身体も熱い。心がギュッと鷲掴《わしづか》みにされたようで胸が切なくキュンと高鳴る。

　両手を胸のところでギュッと握りしめていると、その手を包み込むように春馬君の大きな手が触れた。

　彼は、私を見て優しくほほ笑む。

「それからは、この前話した通り。君島社長との攻防戦のはじまり、はじまり。やっと審査が終わってOKが出たときに、社長から提案されたんだ」

「政略結婚だと言って、強引に押しなさいって？」

そうだ、と春馬君はまっすぐ私を見つめながら頷《うなず》いた。

しかし、それにしても強引すぎる。アヤ叔母《おば》さんらしいといえばらしいのだけど。

こうして春馬君と想いが通じ合ったからよかったものの、もし私が結婚を拒《こば》んだら、アヤ叔母さんはどうするつもりだったのだろうか。

（まあでも、自信がなければ、アヤ叔母さんは行動に移さないかな）

アヤ叔母さんの中でこういう未来になると確信があったのだろう。

私の性格を熟知しているからこその行動だったとは思うけど、ちょっとだけ釈然としない。

もちろん、こうして春馬君と再び出会うきっかけをもらったことには感謝するけど。

むくれる私に、春馬君は突然チュッと唇に軽いキスをしてきた。

「な！　春馬君、ここはお外だよ!!」

「外でもどこでも、咲良とイチャイチャしたいんだから仕方がない。諦めて」

「諦めてって!!」

あたりを慌てて見回すと、運がいいことに子供たちは家に帰ったようで誰もいない。

ホッと胸を撫《な》で下ろす私に、春馬君は再び近づいてきた。

キスをされる、と思い慌てて口を押さえたが、春馬君の唇は私の耳元に移動していた。

「これでわかっただろう？　咲良と出会った時期を誤魔化《ごまか》そうとしていた理由」

「えっと、全然わからないんですけど」

どうして春馬君は、あれほど頑《かたく》なに私たちの初対面の話を隠そうとしていたのか。

さっぱりわからない。別に恥ずかしがるようなことはないと思うのだが。

小首を傾《かし》げる私に、春馬君はばつが悪そうに唇を尖《とが》らせた。

「格好悪いだろ？」

「え？　何が？」

春馬君が恥ずかしがる意味が全く理解できない。私から少し離れて困ったように眉を寄せる春馬君をジッと見つめる。

すると彼は「降参だ」と呟《つぶや》いた。

「俺が粋《いき》がっていたこと、咲良には思い出してもらいたくなかったんだ」

「どうして？　私たちの大事な思い出だよね？」

「まぁ、そうだけど。やっぱり格好悪い。それにずっと咲良一筋だったたっていうのも……照れくさい」

耳まで真っ赤になった春馬君が、ちょっぴり、いやかなり可愛い。

そういえば谷村先生が先ほど言っていた。

『あら、そうかしら。大橋君も手のかかる人よ？　男の人はね、見栄を張りたいの。好きな女の人には特にね』

その言葉の意味がやっとわかった。

春馬君は私に見栄を張りたかったんだろう。それがなんだかくすぐったくて嬉しい。

大人っぽい雰囲気だけど、時折年下の顔も覗《のぞ》かせる彼の手に、私は自ら指を絡《から》ませた。

と、言っても恋愛初心者の私だ。

小指をちょこんと摘《つ》まむぐらいしかできない。これが今の私にとっての精一杯。

「春馬君」

「何だよ、咲良。俺めちゃくちゃ恥ずかしいんだけど」

「恥ずかしくなんかないよ。私、嬉しくて浮き足だっちゃっているもの」

「それで指を絡《から》ませてくれるんだ？」

「……うん」

恥ずかしいから隣にいる春馬君を見ることはできない。

そっぽを向いて頬《ほお》を赤くしている私を見て、春馬君はどんなふうに思うのかな。

少しの沈黙のあと、春馬君は楽しげにクスクスと笑い出した。

「これで仲直りってことでＯＫ？」

「ＯＫです」

「じゃあ、仲直りの印をしようか」

「仲直りの印？　これじゃダメかな？」

春馬君の小指を握る私の手を見つめていると、突然彼に顎《あご》を掴《つか》まれた。

「は、はるっ」

そのまま深く口づけをされた。舌こそ入れてこなかったけど、充分甘くて、痺《しび》れちゃうような情熱的なキスだった。

時間にしたら、ほんの少しだけ。それなのにキスに酔ってしまった私は、名残惜《なごりお》しくて春馬君のセクシーな顔をボーッと見つめた。

「早く家に帰ろう。仲直りのキスだけじゃ物足りない。たっぷり咲良に俺の愛を注《そそ》ぎたい」

「ちょ、ちょっと待って！　春馬君ってば」

「ほら、急げ。咲良を美味《おい》しく食べたい!!」

「だから、そんな大きな声で言わないでー!!」

強引に私の腕をひっぱって家路を急ぐ彼の背中は、恥ずかしさを紛《まぎ》らわしているように感じた。

私よりしっかりしていて、尻込みばかりする私を引っ張ってくれる大人な彼。

突然、子犬みたいに甘えてくる年下な彼。

全部、全部、全部。私の大好きな旦那さまだ。

「年下婿さま、大好きです」

小さく呟《つぶや》いた私の愛の言葉を……帰宅後、ベッドの上で春馬君に何度も言わされたことは誰にも内緒です。

書き下ろし番外編

年上↑新妻に惚れまくってます

結婚して半年。青葉が輝き満ちた季節がやってきた。

ここ最近は雨がシトシト降る日も多く、少しだけ肌寒く感じる日が続いている。

「どうしたんだ、その足」

会社から帰ってきた春馬君を玄関で出迎えた私に、彼は開口一番そう叫んだ。

「えっと、そのぉ」

バツが悪くて言葉を濁すと、春馬君が顔を歪《ゆが》める。

「痛むか？　大丈夫なのか？」

慌てて靴を脱いで私の足元に跪《ひざまず》いた春馬君は私を見上げ、そう尋ねた。

その瞳には心配の色が濃く出ていて、私は慌てて首を横に振る。

「大丈夫だよ、春馬君」

「でも、包帯ぐるぐる巻きじゃないか。痛むんだろう？」

「ああ、うん。だけど、もうあまり痛みはないの」

それを聞いて春馬君はゆっくりと立ち上がったものの、まだ心配そうにしている。

大丈夫だよ、と何度も言うのだが、彼の顔にはますます不安が広がっているように思う。

「咲良は、大丈夫じゃないときも大丈夫って言うから。信用ならない」

「もう！　本当に大丈夫だよ……え!?」

心配性の旦那さまに苦笑いを浮かべていると、なぜか自分の身体が宙に浮いた。

先ほどまでは春馬君を見上げる形だったのに、今は同じ目線だ。

そこでやっと気が付いた。春馬君に抱きかかえられていたのだ。

「ちょ、ちょっと！　春馬君!?」

「咲良は黙っていて。ジッとしてなきゃダメだろう？」

「だから！　そんな大げさにしなくても大丈夫だよ？」

「とにかくジッとしていて」

私を横抱きにし、春馬君は廊下を歩いて行く。

リビングにたどり着くと、ソファーに私をゆっくりと下ろした。

「このケガ、一体どうしたんだ？」

春馬君は私の左足を見て、眉間に皺《しわ》を寄せている。

本当に心配してくれている様子に申し訳なさが込みあげる反面、なんだか嬉しくてくすぐったい。

フフッと声に出して笑うと、春馬君の眉間の皺《しわ》はより深くなった。

「咲良！　俺は真剣に心配しているんだけど」

「ご、ごめんね、春馬君。心配してくれるのが嬉しくて、つい」

再び笑う私に、春馬君は口を尖《とが》らせた。

その仕草も可愛いなんて言ったら……ますます怒ってしまうだろうか。

コホンと小さく咳払《せきばら》いをし、足元に座り込んで私を見上げている春馬君を見つめる。

きちんと話さないと許してもらえそうにない雰囲気だ。

「えっと、ね。実は駅の階段で足を滑《すべ》らしちゃって」

「はぁ!?」

ますます春馬君の表情が険悪なものになっていく。

もともと私に対して過保護だった春馬君だが、ここ最近はより過保護に磨きがかかっているように思う。

ソファーの上で居心地悪く小さく身体を丸めたが、春馬君の表情は一向に変わらない。

私に詰め寄る春馬君をなんとか落ち着かせ、今朝の出来事を話す。

「今朝、出勤途中に階段でこけちゃって」

「雨……降っていたもんな」

うん、と私は小さく頷《うなず》く。

春馬君の言う通り、昨夜から続いていた雨は今朝になっても止むことはなかった。

足元が悪い中、慣れない靴を履いて出勤したのが敗因の一つだろう。

濡れた階段を人の流れに従いながら歩いていたのだが、ツルンと滑ってしまったのだ。

階段の途中で、まだかなり高い位置だった。

不幸中の幸いか、私の目の前には人が誰もいなくて巻き込むことはなかった。

だが、このまま落ちていったら確実に大けがをしてしまう。

そう身構えたときだった。数段滑り落ちた私を、横から伸びてきた手が救ってくれたのだ。

身体が大きくガッシリした男性だった。

顔も厳《いか》つくて、ちょっと身構えてしまうほど威圧的な雰囲気の人。

しかし、私の顔を覗《のぞ》き込んできたその男性の目はとても慈愛《じあい》に満ちていて、私は驚いて目を丸くした。

「大丈夫ですか？」

口調もとても穏やかで、外見とは百八十度も違う。

驚いていた私だったが、男性の優しげな声を聞いて我に返る。

ありがとうございます、とお礼を言って立ち上がったのだが、そのときになって足首を痛めてしまったことに気が付いた。

顔を歪《ゆが》めた私を見て、その男性は先ほどの春馬君のように横抱きにして私を駅の医務室に運んでくれたのだ。

その男性にお礼をしたいと思い、何度も連絡先を聞いたのだが、連絡先はおろか名前すらも教えてもらえなかった。

そう春馬君に告《つ》げると、今度は不機嫌そうに頬《ほお》を硬直させている。

「えっと……春馬君？」

あまりの表情の硬さに恐る恐る声をかけると、春馬君は感情が読めない声で言う。

「病院には行ったの？」

「あ、うん。会社に電話してお休みをもらってから、その足で整形外科に行ってきた」

「それで？」

「レントゲンを撮って診《み》てもらったけど、骨に異常なしだって。シップで冷やして様子を見てって言われた」

「……」

「春馬君？」

私から視線を逸《そ》らした春馬君は、黙ったまま俯《うつむ》いてしまう。

どうしたの、と慌てて声をかけると、春馬君は小さく呟《つぶや》いた。

「……良かった」

「え？」

　小さくてよく聞き取れなかった私が春馬君に聞き返すと、彼は顔を上げて必死な形相《ぎょうそう》で言った。

「良かったって言ったんだよ！　その男、俺の咲良を抱いたのは許せないけど、助けてくれたから許す」

「春馬君」

「あー、もう！　咲良、もっと色々と注意して。心配で心配で俺、仕事が手に付かなくなるだろう？」

「ご、ごめんなさい！」

　跪《ひざまず》いて腰を上げた春馬君は、そのまま私を抱きしめてきた。

　大事にならなくてよかった、と何度も呟く春馬君を見て、ツンと鼻の奥が痛くなる。

　春馬君からの気持ちが嬉しくて、私も彼をギュッと抱きしめた。

「心配かけて、ごめんね」

「本当だ。咲良、これから俺が送り迎えするから」

「そ、それは実際問題無理だと思うよ」

「う……」

春馬君と私の出社時間は違うし、帰りに至《いた》っては専務という立場上、春馬君はいつも夜遅い。

そんな彼に、毎日の送迎は無理だろう。

なんとか春馬君を宥《なだ》めると、彼は私の隣に腰掛けた。

「でも、その男のおかげで助かったよな。そんな高い所から滑《すべ》ったら、下手すれば大けがになっていただろうし」

「そうだよね。あとから階段を見上げたら震えちゃったもの」

だろうな、と春馬君は大きく息をつく。

「で、その男の連絡先は聞けなかったってこと？」

「そうなの。何度も聞いたけど教えてもらえなかったし、名前も教えてもらえなかった」

「そっか……俺の咲良に触れたのは許せないが、助けてもらったお礼はしたかったな」

もう、春馬君ってば、と苦笑したあと、助けてくれた男性の事を思う。

「しっかりお礼したかったな。ちょっと強面《こわもて》だったけど、とても優しい男性だったよ？

また今度会うことができるといいな」

会えたら絶対にお礼を言おう、そう呟《つぶや》いていると、なぜか視界が反転。

春馬君にソファーへと押し倒されていた。

「あ、あれ？　春馬君？」

どうして押し倒されているのかわからなくて目を白黒させていると、春馬君は嫉妬《しっと》めいた目で私を見下ろした。

「俺の前で、よその男を褒《ほ》めるな」

「え？」

パチパチと目を瞬《まばた》きさせている私の首筋を春馬君が甘噛《あまが》みする。

突然襲ってきた甘い快感に、私は小さく吐息を漏《も》らした。

「咲良の口から男のこと聞くだけでも面白くないのに。あんまりその男を褒めると、妬《や》くぞ？」

「や、妬くって……」

驚く私に、春馬君はフッと不敵に笑う。

「もう、すでに妬いているけどな」

「は、春馬君!?」

「俺の機嫌、直して……咲良」

そう甘えた声で囁《ささや》かれたら頷《うなず》くしかない。

どうしたって私は年下の旦那さまには弱いのだ。

私は、「はい」と恥ずかしさを噛みしめながら頷いた。

＊＊＊

「……はぁ」

「どうしましたか？」

何度もため息を零《こぼ》している俺に、秘書の山内《やまうち》が声をかけてきた。

俺より一回りも年上で、専務就任時には右も左もまだわからない俺に色々なことを教えてくれたのはこの男である。

山内は厳《いか》つい身体と顔の持ち主だが、仕事は的確だし、なにより頼りになる男だ。

だが、かなりドSな男で俺を弄《いじ》って遊んでいる節がある。それもなぜか俺にだけSっぷりを発揮するというのが解《げ》せない。

そんな山内が俺の憂《うれ》いある表情を見て、小首を傾《かし》げた。

「先ほどの会議で何か不安材料がありましたか？」

「いや」

「では、先日お会いした佐々《さ さ》カンパニーの会長が何か？」

「それも大丈夫。滞《とどこお》りなく話は進めた。あとは、調印するのみ」

「では、専務。何か心配事でも？　鉄は熱いうちに打てと言います。行動するなら早《そう》急《きゅう》がよろしいかと」

　山内は分厚いシステム手帳を取り出し、俺のスケジュール管理をし始めたが、俺はそれを止める。

「そうじゃない。ビジネスのことじゃないんだ」

「は……？　まぁ、確かに。今のところ懸念《けねん》材料は私にも見受けられませんが」

　困ったように山内が眉を顰《ひそ》めているのを見て、俺は再びため息を零す。

「心配だ……」

「ですから、何が心配なのでしょう？　ビジネスのことじゃないというなら、プライベートでしょうか？」

　よくぞ聞いてくれた、と勢いよく顔を上げる俺に山内は一歩後ずさる。

「あまり聞かない方がいいような気がしてきましたが……一体、専務は何を憂いているのでしょう？」

「……嫁が出勤時にケガをした」

「奥様が？　大丈夫だったんですか？」

　心配そうに顔を歪《ゆが》める山内を見て、俺は小さく頷《うなず》く。

「ああ、大《たい》したことはなかった。ちょっと足を捻《ひね》っただけだから、今朝は元気に仕事へ行ったはず」

「そうですか。大事にならなくて良かったです」

ホッとして表情を緩《ゆる》めた山内をチラリと見たあと、俺はデスクに突っ伏した。

「全然よくないな」

「は？」

「咲良には、会社なんて辞めて家にいてほしい。咲良が無事か心配で心配で仕事が手に付きそうにもない」

「……」

山内が俺を見て呆れかえっているのがわかったが、愚痴《ぐち》は止まらない。

「今朝真剣に咲良を説得したんだが、無理だった」

「そうでしょうね。奥様だって意思がおありですし、なにより社会人としていきなり今日から仕事を辞めますということは無理でしょう」

山内が言うことはもっともだ。それぐらいのことは俺にだってわかっている。

だが、咲良のことに関して俺は非常に心が狭くなる上に、独占欲がひょっこりと顔を出してしまう。

あまり束縛すれば咲良に嫌われてしまうだろうけど、こうなってくると理屈じゃない。

ハァー、と俺が盛大にため息をつくと、山内は肩を竦《すく》めた。

「全く。専務は奥様が絡《から》むと急に人格が変わってしまわれる」

「それ、否定できないな。その通りだ」

否定してくださいよ、と今度は山内が盛大にため息をついた。

「専務は奥様を手に入れるために、がむしゃらに働き、勉強しましたからね」

「……まぁな」

「専務の原動力は、間違いなく奥様ですね」

山内の言う通りだと思う。

咲良の笑顔を見たい、咲良を手にしたい。

その一心で俺は君島社長――咲良の叔母《おば》――からの試験を何度もクリアしてきたのだ。

やっと咲良は名実ともに俺の妻になり、ますます可愛さに磨きがかかっている今日この頃。

俺がどれだけ咲良のことを心配しているのか、咲良は全然わかっていないのだから困る。

人妻の色気も纏《まと》い始めた咲良は、艶《なま》めかしくて目が離せない。

そう思っている男どもがこの世の中にたくさんいるはずだ。

絶対に渡さない。咲良は俺の女だ。そう主張するのだが、当の本人である咲良は気楽なものだ。

「春馬君ったら、何を言い出したかと思えば。私のこと好きだなんて言ってくれる物好きなんてしょっちゅう現れるわけないよ？」

そう言って可愛らしく笑っていたが、俺に言わせてみれば咲良を狙う男たちは後を絶たない。

結婚する前には金沢という先輩から熱烈な求愛をされていたことも知っているし、他にも咲良のことを狙っていた男たちがいたと聞いている。

この件に限って言えば、咲良が鈍感で良かったと何度も胸を撫《な》で下ろしたことは言うまでもない。

例の金沢という男のようにグイグイ迫ってくる男が他にもいたとしたら……今、俺の隣に咲良がいなかったかもしれない。そう考えると恐ろしくなる。

咲良が今の会社で働き続けたいというのなら、彼女の意思を尊重したいと思っている。

思ってはいるのだけど、ずっと自分の傍《そば》にいてほしいという子供っぽい考えがちらつくのも本当なわけで……

今、勤めている会社を辞めさせて、大橋ヘルシーに転職させせようか。

そして、俺の第二秘書にするというのもいいんじゃないだろうか。

ああ、受付業務をしていた経験をいかして、重役フロア受付をしてもらうのもいいかも。

今、受付をしてくれている女性は半年後には寿《ことぶき》退社することが決まっている。

そうだ、その後釜《あとがま》に入ってもらうのがいいんじゃないだろうか。

そんな偏《かたよ》った危ない考えを抱いていると、山内が「専務」と冷たい声で話しかけてきた。

「いくら愛しい奥様だからといって、無理強《じ》いをさせたら……どうなっても知りませんよ？」

「わかっている。わかっているからこそ、こんなにも悩み苦しんでいるんじゃないか」

ジトッと白けた目で山内が見ていることはわかっているが、なかなか気持ちに折り合いがつかないのだから仕方がない。

咲良のことになると、俺は余裕が全くなくなってしまう。それなのに、うちの可愛い嫁は俺の重すぎる愛に気が付いていないのだ。

ハァー、と再び深く息を吐き出したあと、一緒に自分の気持ちも吐き出した。

「うちの嫁……可愛すぎて堪《たま》らない」

可愛いんだよ、うちの咲良は。六つも年上だとは思えないぐらい可愛くて可愛くて仕方がない。

この前、取材を受けたときの記事が載っている経済誌をパラパラとめくる。そこにはカラー写真で俺の顔が大きく掲載されていた。

一応凛々《りり》しい顔をして受け答えしている俺が、胸中《きょうちゅう》では嫁命だと思っていることは誰も気が付かないだろう。

そんなことを考えていた俺に、山内が自分のデスクに座りながら声をかけてくる。

「私は一度も奥様にお会いしていませんから、わかりかねますね」

「会わせるわけがないだろう！」

ピシャリと言いのけると、山内は眉を顰《ひそ》めた。

「どうしてですか？　奥様と私が連携を取って専務のスケジューリングをするのが理想なんですよ」

前々から言っていますよね、と山内に痛いところを突かれた。

うっと言葉を詰まらせる俺を山内が鼻で笑う。だが、会わせたくないのだから仕方がない。

俺は開き直って言う。

「うちの咲良、山内好みの女だと思うから絶対に会わせたくない」

「左様ですか。フッ、本当に専務は奥様が絡《から》むと年相応《そうおう》になりますね」

「悪いか？」

「いえ、奥様が専務を癒《いや》してくださっているということはわかりますよ」

久しぶりに山内に子供扱いをされ、なんとなく居心地が悪い。

経済誌をデスクの傍《かたわ》らに置いて仕事を再開しようとすると、山内は「心配無用ですよ」と笑った。

「さすがに横恋慕《よこれんぼ》はしませんから。でも、専務を弄《いじ》るのは面白いですから、今後も弄ります」

俺の秘書は、相変わらず意地が悪い。それが俺限定だと知っているからますます面白くない。

フンと鼻を鳴らしたあと、俺は仕事に取りかかった。


「全く。奥様のことを言っていられませんね」

「うるさいな、山内は」

自宅マンションに着き、山内に肩を借りて歩きだす。左足が痛くて地に足を着けることができないのだ。

「横抱きにいたしましょうか?」

「やめてくれ」

ですよね、と山内はクックツとおかしそうに笑った。

咲良が階段で足を滑《すべ》らせて転んだ翌日に、今度は自分が階段から滑り落ちることになるとは思ってもいなかった。

全くもってかっこ悪い。

幸い、恥ずかしい姿を他の人間に見られることはなかったが、山内に目撃され、チクチクと嫌みを言われ続けているのだ。

「山内と咲良を会わせたくなかったのにな」

「フッ。まだ言っているのですか？　嫉妬《しっと》深くて粘着質な男は嫌われますよ」

「……うるさい」

「奥様が専務に愛想を尽かすのは、時間の問題かもしれませんねぇ」

全く黙っていれば言いたい放題だ。

だが、今は山内の肩を借りなければ歩くことができないので仕方がない。

階段から足を滑らせてすぐ病院に向かったのだが、幸い骨折はしていなかった。

ただ、かなり酷《ひど》く捻《ひね》ってしまったらしく足首が赤く腫《は》れ上がっている。

動かすたびにズキズキと足が痛み、顔が歪《ゆが》んでしまうぐらいだ。

ようやく我が家に着き、インターフォンを山内が押した。

怪我《けが》をしてしまい、この時間に帰ってくるということだけは病院を出たあとに伝えてあったため、すぐに咲良が出てくることだろう。

待つこと数秒、咲良が血相《けっそう》を変えて扉を開けた。

「春馬君、大丈夫!?」

「ああ、大丈夫だよ」

優しい口調で返事をして咲良に心配をかけまいとしているのだが、横からの視線が痛い。

「やっぱり奥様の前では猫を被《かぶ》るのですね」という山内の心の声がヒシヒシと伝わってくる気がする。

可愛い嫁に優しくして何が悪い。俺は開き直りながら咲良に笑いかけた。

心配そうに顔を歪めていた咲良だったが、俺の隣にいる山内に気が付いて頭を下げる。

「スミマセン。わざわざここまで来てくださって……え!?」

「あ……!?」

咲良と山内がお互いの顔をジッと見つめている。

いきなりのことで俺が驚いていると、咲良が破顔した。

「昨日は助けていただきありがとうございました！」

「いや……」

山内が照れている。思わず二度見してしまった。

この男が女性を前にして照れる様子を今まで見たことがない。

あんぐりと口を開けていると、咲良は山内にほほ笑みかける。

「春馬君、いえ主人の秘書をされていたんですね」

「あ、はい」

「ご連絡先を教えていただけないから、お礼もできなくて困っていたんです。ぜひ、今度お礼をさせてください」

「いえ、自分は当然なことをしただけですから」

「でも、私もそして主人も助けていただいたのですから……」

ねぇ、春馬君。と、視線を咲良に向けられたが、俺は今それどころではない。

山内が俺に対してだけドSなのは知っていたが、ギャップがありすぎだ。

山内は咲良から視線を逸《そ》らし、俺に視線を向けてきた。

「専務、一つ言ってもいいでしょうか」

「あまり聞きたくはないんだが」

制止しようとしたが、山内はそれを無視して続ける。

「まさか、こんな所に天使がいるとは思いませんでした」

「は？」

眉間に皺《しわ》を寄せた俺に、山内はいつもならあり得ないほどの笑みを浮かべる。

「略奪愛というのもいいですよね」

「お前っ！」

山内にからかわれているのはわかっていたが、どうしても我慢できなかった。

俺は山内から離れ、咲良に抱きついた。

その瞬間、咲良の頬《ほお》が真っ赤に染まる。結婚して少し経《た》つのに、こうして恥ずかしがる咲良が可愛くて仕方がない。

誰にもやるもんか。咲良は俺の初恋の人。俺の運命を変えた人。そして、大事な人だ。

誰にも、渡さない――

「山内には色々助けてもらって感謝はしているが、咲良だけは絶対に渡さない」

「……」

ギリッと歯ぎしりをして山内を見つめていると、プッと山内が噴き出した。

「ハハハ！　まさか横恋慕《よこれんぼ》なんてしませんから、ご安心を」

「……」

「フフ、疑っていますね。いいですよ、疑っていて。これを使って専務を脅せば仕事の効率がよくなりそうですから」

クックックッと肩を震わせて笑ったあと、山内は目を細めた。

「こうして奥様とお会いしましたから、これからは私が奥様と密に連絡を取り合って専務を支えますので、ご安心してください」

「安心できるわけないだろうっ!!　二度と咲良には会わせない」

熱くなっている俺を見て、山内は本当に嬉しそうに笑った。

「家庭円満はビジネスの基本ですから。安心しましたよ。まぁ、専務のノロケを毎日聞いているので心配はしていませんでしたが」

「な！」

咲良が真っ赤になって叫んだ。そんな咲良を見て、山内は愛想良く笑う。

「どうぞ、うちのボスをよろしくお願いしますね。奥様」

「はい、もちろんです!!」

頬《ほお》を真っ赤にして頷《うなず》く咲良を見て相好《そうごう》を崩したあと、山内は不敵な笑みを俺に向けてきた。

「専務。彼女を幸せにしてあげないと」

「わかっている。山内に言われなくてもする。絶対にする」

「そうですね。あれだけ請《こ》うていた女性ですからね。さて、専務を弄《いじ》って遊んだのでそろそろ帰ります」

山内は「それでは、また」と今来た道を戻っていった。

相変わらずのドSぶりに、俺はドッと疲れがでた気がする。

明日から咲良のことで一段と弄られそうだ。うんざりしながらため息をついていると、咲良が俺のジャケットの袖《そで》を掴《つか》んでツンツンと引っ張ってくる。

「ねぇ、春馬君」

「どうした？　咲良」

「春馬君、足本当に大丈夫？」

痛いんでしょ？　と不安げに俺を見つめる新妻は、目に入れても痛くないほど可愛い。

子供や孫を目に入れても痛くないほど可愛いとはよく言うが、新妻だって同じだと主張したい。

ああ、子供か。咲良に似た子供がほしい。それはずっと思っていたことだ。

早くに両親を亡くした俺たちにとって、家族は宝。

当たり前にあるものじゃない。ある日突然なくなってしまうかもしれないのだ。

だからこそ家族は尊《とうと》いし、大事にしなくてはいけない。

それを俺と咲良は身をもって知っている。

俺はどうしようもなく咲良に触れたくなって、こめかみにキスをした。

「なぁ、咲良。子供作ろうか」

「へ⁉」

顔を真っ赤にして慌てる新妻に抱きつき、その罪すぎる可愛い唇にキスを落とす。

「可愛い妻、可愛い子供に囲まれるなんて幸せだろうな」

「もう、春馬君」

モジモジと指を弄《いじ》りながら俯《うつむ》いていた咲良だったが、意を決したように顔を上げた。

「私も……欲しいです」

「っ‼」

やっぱりうちの嫁は世界で一番可愛い。

俺は我慢できなくて、家に入る前にもう一度咲良の唇にキスをしたのだった。

恋愛小説「エタニティブックス」の人気作を漫画化!
結婚相手が
六つも年下のイケメンだなんて！
この唇も
身体も俺のものだから
ギシ
びくっ
ギシ
あっ
EC
Eternity COMICS
年下婿さま
漫画
瓦田・ヴィンチ
Kawarada Vinci
原作
橘 柚葉
Yuzuha Tachibana

EC
Eternity COMICS
年下婿さま
瓦田・ヴィンチ
橘 柚葉
私がはまった
御曹司の甘い罠
エタニティCOMICS

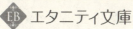

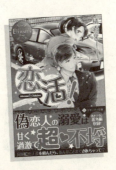

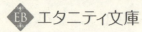

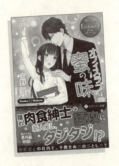

エタニティ文庫

愛されまくって息も絶え絶え⁉

エタニティ文庫・赤

152センチ62キロの恋人 1～2

高倉碧依　　装丁イラスト／なま

文庫本／定価 640 円＋税

ぽっちゃり体形がゆえに、幼い頃から周囲にからかわれてきたＯＬの美奈。これまで男性に「女」として扱われたこともない。そんな美奈を初めて「女の子」扱いしてくれたのは、人気ナンバー１上司・立花だった！　ひょんなことから彼と関係をもった美奈は、以来溺愛されて⁉

※エタニティブックスは大人の女性のための恋愛小説レーベルです。ロゴマークの色で性描写の有無を判断することができます（赤・一定以上の性描写あり、ロゼ・性描写あり、白・性描写なし）。

詳しくは公式サイトにてご確認ください。
http://www.eternity-books.com/

携帯サイトはこちらから！

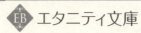

デザイン会社で働く莉々花《りりか》は過去の辛い経験から、素の自分を隠し、オヤジキャラを演じている。おかげで人と深く関われず、26年間彼氏ナシ。そんな彼女はある日、酔った勢いで勤め先の社長に本当の自分をさらけ出してしまう。そして翌朝目覚めたら…そこはホテルで莉々花はなぜか裸!? しかも隣には社長の姿が!!　そのうえ翌日以降、彼からの怒涛の溺愛攻撃が始まって…!?

B6判　定価：640円＋税　ISBN 978-4-434-23968-7

本書は、2016年３月当社より単行本として刊行されたものに書き下ろしを加えて文庫化したものです。

エタニティ文庫

年下《としした》↓婿《むこ》さま

橘 柚葉《たちばなゆずは》

2018年 2月 15日初版発行

文庫編集－福島紗那・塙綾子
発行者－梶本雄介
発行所－株式会社アルファポリス
〒150-6005 東京都渋谷区恵比寿4-20-3 恵比寿ガーデンプレイスタワー5階
TEL 03-6277-1601（営業） 03-6277-1602（編集）
URL http://www.alphapolis.co.jp/
発売元－株式会社星雲社
〒112-0005東京都文京区水道1-3-30
TEL 03-3868-3275
装丁イラスト－さいのすけ
装丁デザイン－AFTERGLOW
(レーベルフォーマットデザイン—ansyyqdesign)
印刷－株式会社暁印刷

価格はカバーに表示されてあります。
落丁乱丁の場合はアルファポリスまでご連絡ください。
送料は小社負担でお取り替えします。

ISBN978-4-434-24209-0 C0193